請刪去不適用者

HAPPILY EVER AFTER

點子出版
IDEA PUBLICATION

"Survival of the fittest."

「適者生存。」

請刪去
HAPPILY EVER AFTER
不適用者

請刪去
HAPPILY
EVER AFTER
不適用者

Contract Agreement

本申請人______確定參加生活品質評議會
（第一 /二部門）（請刪去不適用者）之考核，
確認並同意遵守以下守則。

1）申請人為本國國民。

2）申請人明白生活品質評議會舉辦之考核並非強制，
確認並同意參加考核完全出於個人意願。

3）申請人同意提交之生物樣本供生活品質評議會分析及使用，
數據內容並不限只用於本次考核。

4）為協助考核過程，申請人同意生活品質評議會向
相關公私營機構索取個人資料。

5）申請人不得洩露任何與考核相關之過程及內容，
違者將以舞弊條例遭起訴。

6）生活品質評議會每五年將重新檢視及更新考核內容。
如未能通過考核，申請人最快可於五年後再次提交申請。

7）考核途中申請人可隨時退出，退出者當失敗論。
生活品質評議會概不負責。

8）生活品質評議會保留一切最終決定權。

本合約附有考核附件，
本申請人確認已詳細閱讀並同意所有條款及細則。

申請人簽署：__________　　　　日期：__________

跟生活品質評議會預約好的一天，莫藍和芮珂都比原定時間提早了許多出門。評議會大樓不久前完成翻新，從外部到內部建築皆以白色亮面烤漆為主，沒有一件多餘的傢俱或指示牌，一切都井然有序，如同 W 城所有人的展望一樣。

二十年前，W 城政府宣布進行大改革，在選舉大獲全勝的賽諾總統深信科技和理性是人類發展的最終藍圖，致力讓 W 城成為全球首個以新興科技進行最大主導的城市，務求領先世界，率先踏入盡享科技進步帶給人類最大繁榮的「幸福演算紀元」。W 城新政府羅致了全球各領域的科技菁英組成領導層班底，為安撫反對派對新科技的不安，政府承諾每五年對所有現存政策進行全面檢討。

五年是演算法得出最為合理可以穩定人心的時間窗口，事實是他們知道不用六個月，W 國的生產總值就會擢升百分之七百，罪惡率驟降至本來六分一的水平。五年後，數據依然穩步上升，整體國民滿意度比起舊政府執政時提升了百分之二千，賽諾在下一屆大選的得票率亦創下百分之九十七的空前壯舉。不止反對派臣服在亮麗可觀的數據下，毗鄰國家亦頻頻參訪，希望仿傚 W 城名為「幸福演算紀元」的國策。

反對派當年批評賽諾草率魯莽，將國家大運押在人工智能、基因編輯、量子計算等人類還未完全認知並備受爭議的新科技之上，可是「幸福演算紀元」挺過了三次選舉輪替，各種實行數據不跌反升。當年賽諾選擇相信新科技放手一搏，現在廣大科學家的認知亦終於追上了當時的「新興科技」，紛紛舉證了其安全及穩定性，科技本身亦逐漸獲得普世認可，並於開始於全球廣泛應用。早在二十年前 W 城率先執行的國策證實了「幸福演算紀元」的方向行之有效。反對派堅稱賽諾是拿 W 城賭贏了，而支持派卻相信是賽諾帶 W 城取得勝利，成為絕無僅有的世界先驅。

「幸福演算紀元」第一階段的改革便是善用人工智能從事滿足度低、技術含量低和重複性的工作，釋放更多國民勞動力。工作被取締的國民獲得巨額資助，在政府協助下發展並培育興趣為主的職業導向，逾九成國民在五年的過渡期內成功獲得專業資格並開始從事理想職業。因此 W 城所有官方機構的大樓，包括莫藍和芮珂所在的生活品質評議會大樓均採用無人管理，像此類官方機構，基層工作早以人工智能代勞，人類只擔任管理層工作，負責監察並管理數據，適時作出調整和作出決策。

國民在確定預約時段後會收到一個專屬的二維碼，在生活品質評議會大樓門前只要拿出手機掃瞄，電腦便會指示申請人前往預約單位，由接待登記到侍奉茶水均是全自動化。

獨自等待的時候，本來為著今天的考核而緊張得胃部抽痛的芮珂終於有時間好好端量評議會的環境。呼應大樓的建築設計，等候區的設計以極簡主義為主調，外牆沒有一般牆壁天花三尖八角的棱角感，她仔細留意過，發現整個空間都找不著一點像水泥或磁磚等建築物料的痕跡，空間本身就是一個無縫連接的膠囊，純白色的烤漆面料一塵不染，亮麗得猶像鏡面清晰反射出芮珂的臉龐。

她從小就知道自己五官樸素，只得加倍努力修飾臉容，她明白臉是人所遞出的第一張名片，她的基因不容許她擁有出眾容貌，在後天可以做的就是保持端正。眉毛修得整齊，顯得她格外乾淨俐落，深褐色的眼眸必要時戴上隱形鏡片，也不要讓厚重的鏡片阻擋本來就不算精靈的雙眸。上妝時嘴唇塗上淡淡的自然色，不要搶眼，也不要失端莊。為了今天，芮珂刻意挑了一套合身的及膝長裙，絲質的布裡印上千鳥格圖案，莊重而不失活力，此刻看起來仍然讓她感到非常滿意，只是早上悉心梳好的髮髻不知為何飄出了兩條散落的髮絲，眼見整個等待區只有她一人，四處張望後她快步走到亮面的牆壁前方，當成鏡子般用來整理髮型。

走不過兩步，她才發現等待區的地面採用一種有微光透出的光感智能材料，地板附有重量感應，圍著她踏出的步伐散發漣漪狀的柔和光圈，讓人油生一種身為場地主角的優越感。在 W 城，人的確就是主角。

「以人為本」是「幸福演算紀元」推崇的最高理念。雖然國策主張以科幻先行，可是「幸福演算紀元」的政策大部分都並非強制，賽諾衷心希望創造一個讓科技改善人類生活的世界，人類必須保有最終決定權，當然也包括使用或不使用這些科技的決定權。賽諾引入政策時強調不能本末倒置，被科技牽著人類走。

像人工智能問世初期，很多人嘗試利用民用的人工智能軟件創作歌曲和小說，作為娛樂尚可，但賽諾深信運用科技完成國民滿足度低的工作才是效率最大化的正確解答。很多本來熱心創作、但因無法謀生而需要倚靠勞動工作的正職生活的國民，在本職被政府開發的人工智能取締後獲得專業的創作培訓和就業機會，順利將興趣變成佔據人生最多時間的工作。

除了讓國民的快樂指數提高，無論是由人工智能從事的勞動工作，還是由人類從事的創作工作效率均達至最大化，無數協助國民轉換軌道至夢想工作的成功例子就是「幸福演算紀元」的體現。

等候區中央懸浮著一個圓形資訊台，薄得幾乎透光的透明屏幕圈成圓環，屏幕上隨時顯示室外的天氣、附近交通狀況，還有生活品質評議會的宣傳影片。等候區分布幾排無重力座椅，椅面採用凝膠混合記憶海綿的新材質，自動根據每位使用者的坐姿自動調節到最佳舒適度，內部甚至設有微型按摩系統，一旦啟用便會開始掃描使用者的全身肌肉，偵測出繃緊部分重點進行按摩。芮珂擔心整理好的髮型會被弄垮，沒有啟動按摩功能，只是在座椅附帶的虛擬管家屏幕要了一杯清水。

屏幕一被調開，隨之而來迎到座椅前的是一個餐盤，上面端著一杯和芮珂身體溫度相近的溫水，旁邊的瓷碟放有一小片精緻的牛油曲奇餅。趁芮珂用溫水溫暖腸胃時，屏幕閃爍起來，低調地引起她的注意。

「請問是否需要提供早餐？」芮珂這才想起在提交考核申請時，申請人需要一併提供生物樣本和身高體重等資料，連同剛才地板上的重量感應，想必一定是系統比對過後，推測出她很可能尚未進食早餐。完全個人化的虛擬管家從多方面整合使用者的資訊，務求提供最貼切使用者需要的服務。在 W 城虛擬服務員軟件已經開始普及，在飯店、公私營機構等候區、服務式住宅都頗為常見。除非是出席宴會或去酒店渡假，一般人接觸到虛擬管家的機會不算很多，既然它聰明到可以偵測人體溫度來提供相應溫度的暖水外，她不禁猜想系統會不會也能分析她的身體狀況甚至味蕾，提供符合營養需求又對胃口的餐點？芮珂此刻其實一點胃口都沒有，但對於無法負擔在家安裝虛擬管家的她來說機會難得，好奇心使她在確定鍵上舉棋不定。

被炫目的虛擬管家分了神，芮珂隨即搖頭，讓自己清醒起來。

今天來這裏的重點是考核。一旦失敗便要等五年過後。目光再次劃過映照在牆身上的一張用幹練掩飾平庸的臉，芮珂提醒自己可沒有五年耗。她今天必須要通過考核。

從小到大成績彪炳的芮珂從 W 城大學一級榮譽畢業，獲全額獎學金修讀碩士並以院長嘉許名單畢業。各類的考試都是她的強項，第一步是將範圍內的知識反芻再反芻，但這並不足夠，再來就是研究教學目標和課程大綱，模仿出題者的角度，大致就能理解考試的重點，面試更簡單，投其所好需要的只是最基本的演技。

本來駕輕就熟的芮珂從不怯陣，唯獨這次考試，讓她已經好幾天沒有睡好。駕照、碩士論文答辯和教師資格試她都一次考過，分別是這些考試結果都是掌握在她一人手中，無論成敗她自己仍然是主宰因素。

唯獨「穩定交往證照」不是。

獨自在等待區享受寧謐的芮珂突然張望四周，方始驟覺不安。莫藍怎麼還沒來？

作為「幸福演算紀元」轄下的官方機構，生活品質評議會（第一部門）旨在為國民分析關係、辨識出匹配度高的另一半，向通過考核的情侶頒發「穩定交往證照」。考核的設計目標是提供參考數據，協助國民擁有更穩定的感情基礎，降低戀愛失敗的機會率，從而提升個人生活滿足度。這只是被包裝過的動聽版本，在改革實施前，W 城獲通報的自殺個案中有六成和人際關係相關，而當中超過一半牽涉感情紛爭。

「穩定交往證照」的考核並非強制，生活品質評議會（第一部門）為不希望承受失戀痛苦的國民提供一個選項，W 城部分人仍然主張傳統戀愛，追求親身經歷探尋戀愛過程中的甜酸苦辣，或近乎迷信地相信唯有經過親身驗證才能覓得真愛。情況好比分娩，無痛只是科學為孕婦提供的一個選擇。

經科學計算及考核，得到評議會認證頒發「穩定交往證照」的情侶，分手比率比沒有通過認證的低出一百五十倍。箇中原理其實非常簡單，早於上個世紀科學經已驗證基因無論在塑造性格特質還是擇偶取向中均扮演不可忽視的重要角色，舉例說將實驗對象的多巴胺 D4 受體基因及其性格相互比對會發現相當有趣的結果，同理，血清素運輸蛋白基因相對情緒、催產素受體基因相對親密行為亦有近似的發現。

經過接近一個世紀的努力，「幸福演算紀元」的科學家已經建立了可靠的數據庫和算式，只要比對兩人的基因就可得出一個基礎契合度，然而兩人的基因在一段關係的穩定性上只屬先天因素，家庭背景、教育程度和人生經歷等後天因素對塑造一個人的性格影響和轉變往往更為重大而不可逆，更重要的是兩人對於關係的期望是否契合。專門研究交往關係的學者和科學家分析大量樣本，得出失敗個案大多無非出於雙方期望值不符，導致在關係中未能得到滿足，因而產生爭執，甚至瞞騙對方另結新歡。為此「穩定交往證照」的考核結果亦會將雙方對關係的期望納入為重大考量。

情侶兩人一同參加考核，進一步驗證關係的穩定性；評議會則為申請人提供這段關係是否可以長久發展的科學數據作參考。根據過往統計，接近九成獲得「穩定交往證照」的情侶在通過考核的五年後仍然維持穩定而親密的伴侶關係。這項數據在考核試行初期透過實驗反覆驗證，科學家找來五十對情侶參加考核，在不告知結果下持續監測他們的關係狀況，無論是通過考核而仍然在一起的情侶，或是沒有通過考核而分手的情侶比數依然有高達百分之八十八的準繩度，釋除了「自我實現預言」的挑戰和疑慮。

就成本效率而言，考核制度有效減省不適合的二人在對方身上虛度光陰，而且有效避免他日失戀帶來的身心傷害。相反，獲頒「穩定交往證照」的情侶可以更有效地規劃未來。包括在計劃同居時，房東可以傾向放心將房產租給持有證照的情侶，擁有穩定關係意味著未來幾年的租賃狀況有較低機會出現變化，對於有意置業而共同申請房貸的申請人更是如此。領養寵物亦是同理，不少動物保護組織發現情侶分開是遺棄動物的最大原因，即使及後可以找到領養家庭，擁有一個穩定的居住環境對寵物而言同樣至關重要。更長遠而言，對於有意生育下一代的男女，基因分析可以透過血型匹配和遺傳病篩查，及早識別部分先天性疾病風險。

以往人類早有意識在生育前進行健康檢查，不過當時的技術層面只限於先天疾病，現在科技對人類基因有更深入的認識，有效為國民作出更全面的「產前檢查」。考核會評估二人的行為因子，基於前述的基因研究，傾向相信孩子很大機會會遺傳父母一方或雙方的性格，後天方面的則更為直接，父母在組織家庭時的契合度和穩定性對於下一代的國民品格和質素起了無形而有效的把關作用。

雖然並非強制，W 城不少情侶仍選擇在交往一段時間後便前往考核，即使無意結婚及生育下一代，他們亦傾向及早確認雙方是否適合長期相處，讓大家集中時間心力經營穩定度高的關係，在 W 城被視為是一種對自己及對方的未來負責任的行為。

像芮珂跟莫藍交往一年後便決定前來參加考核。芮珂今年二十五歲，是一名小學教師，畫家莫藍和她同歲，如果順利獲得「穩定交往證照」，兩人便會正式同居，計劃結婚，組織家庭。從某種程度而言，這很可能是她一生人中最重要的一次考試。

正如所有考試一樣，芮珂相當重視今天的場合。正當她開始等得不耐煩，莫藍終於從無縫可見的牆壁後推門而出，由於整個空間被設計得像太空膠囊一樣，芮珂差點誤以為等待區是一個像星球會自轉的空間，莫藍在一個她沒想像到的方位推門現身，她才鬆一口氣。本來她還想開口怪責他慢條斯理，可是一想到等候區隨時有錄像鏡頭，暗中監視兩人的互動便抿嘴不談。

芮珂在研修面試技巧時，聽說外國不少大公司在聘請要職時，面試早在踏入公司門後的一刻就開始。由申請人對職員的態度，以至和其他申請人在等候期間的閑聊和互動都被紀錄在案，通通成為評分的要素。所以就算此刻她對莫藍姍姍來遲有多不解和不滿，她都只能和他默默坐在無重力座椅，等待時間以慢得不合比例的速度流逝。

一對無話的情侶，芮珂不知道評議會的評分準則，但她對他們現在呈現的形象甚是不滿，特別是一別過臉便見莫藍一直在撥弄自己的小辮子排解手癢，她再也忍不住蹙起眉來。為了這天考核，她一直嘮叨著莫藍把頭髮剪短，評議會對考核內容完全保密，芮珂無從得知考官的年齡層。她擔心如果遇上年紀較大、思想保守的考官，看到莫藍蓄長髮會留下不好的印象。莫藍堅稱芮珂所說的是過時的性別定型，著她環顧社會的四周，連家裏的冰箱都會說話了，社會進步到這個地步，外表甚麼的都只是身外物。

「社會是進步了，」芮珂當時向他挑挑眉頭，饒有意味地說：「不等於人是同樣。」

「幸福演算紀元」落實滿二十年，估計再過八十到九十年，W城的大部分國民均會在「幸福演算紀元」出生，評議會的願景是由獲得證照的父母養育的孩子，會傾向長大後成為品格良好的優質國民。舊有人口自然老去流失，W城經歷「換血」，正是賽諾希望提升整體W城國民的生活品質的基石。

請刪去一不適用者

"If you had an idea that was going to outrage society, would you keep it to yourself?"

如果你有一個將會激怒全世界的想法，
你會三緘其口嗎？

——倫敦自然歷史博物館「達爾文大思想」展(2009)

請刪去
HAPPILY EVER AFTER
不適用者

「你會緊張？」芮珂抵受不住等候區的寂靜，故意和莫藍找話來說。他們交往一年，有時候兩人休假在家也只是各忙各的，平和的安靜是一段關係脫離熱戀後的進階，芮珂並不覺得他們的相處有任何不妥，她擔心的只是在評議會面前營造出二人無話可說的疏離形象，順道阻止莫藍撥玩辮子的小動作。莫藍聞言果然停下手中動作，說不緊張肯定是假的。芮珂不是他的第一個交往對象，但聽見她提出到評議會申請「穩定交往證照」的考核時，他就已經開始緊張了。

芮珂擔心的是考核失敗，而莫藍擔心的是萬一成功，他們要面對的一切。就算是朝朝暮暮掛在嘴邊的事，一旦快要成真卻會伴隨著只有這個距離才嗅到的可怕。

「我說過，如果你覺得自己不夠資格，那已經足夠說明你比很多人都要夠資格。」芮珂說話總是具說服力，可能這純粹是出於她身為一位教師的包裝，莫藍總會假定她所說的話都像畢氏定理一樣已經經過反覆驗證而不可能出錯。她眨眨畫上啡色眼線的眼瞼，近日總是反覆說著同一句話：「從來只有好人，才會擔心自己不夠好。」

莫藍不是不明白她的意思。在「幸福演算紀元」實施前，W城著實一塌糊塗。隨著醫學科技發展一日千里，很多人認為世界面臨最大的共通問題是人口過剩，但其實並不全然。

撇開嬰兒老人等沒有直接生產力的人口不談，將每人的生產力扣減佔用世界資源的消費值得出數值，如果所有人的淨值均為正數，甚至遠遠超過耗損以致可以完全覆蓋處於淨消費階段的兩端人口，情況並不會是目前的境況。人太多不是問題，人太差才是。賽諾在作為候選人提倡科技為上的國策初期，很多人將「穩定交往證照」的考核和剝削自由劃上等號。獲得「穩定交往證照」的情侶得到官方認證，政府的說法是希望鼓勵穩定度高的情侶長遠發展，相反沒有得到證照的情侶就因「不被看好」而被間接抑制成家立室的機會，甚至消極管制他們的生育自由。

近幾十年，W城的犯罪率和破產率每年都破新高點。申請社會援助的人數急升，對提供生產力的勞動人口造成極大負擔。當然亦有說法垢病是因為福利政策過好，才會有越來越多的人決定撒手不管。補助有需要人士本來是合理不過的社會責任，可是優渥的福利政策吸引其他地方的人口遷移入國，在這裏生活久了就會考慮生育下一代。在有能力提供生產力而選擇不去提供，以成為扶養人口的人角度而言，如果他們將這類思想灌輸下一代，很快處於消費階段的扶養人口便會幾何級數的遞升，而當提供生產力的勞動人口的生育率追不上受扶養人口，失衡的情況只會每況愈下。整座城市就像搖搖欲墜的層層疊積木，缺乏規劃下負責支撐的一旦承受不住，所面對的就是一瀉而下的崩塌。

賽諾不諱言，「穩定交往證照」對部分人口在 W 城落地生根帶有一定的篩選作用，可是考慮到整體國民的生活品質而言，門檻是必須的。權衡輕重，賽諾認為強調「穩定交往證照」作為參照數據，而非強制考核是最恰當的做法。

莫藍每次聽芮珂說起這些問題，不出兩句便會打起呵欠來。政策的每個字他都懂，加起來的話卻像丟進洗筆水的棉花扭縮成一團。當芮珂和他連夜補習準備是次考核，用抓出學生發呆的銳利目光追問他到底有沒有聽懂時，他只管吃吃笑地回答：像抽象畫一樣，心神領會就夠。

「只是談個戀愛，不用說到這麼長遠吧。」如果有人問莫藍真

正的想法，他會這樣說。

等候區的環狀屏幕不斷循環播放宣傳「幸福演算紀元」的短片。莫藍並非抱有這種想法的唯一一人，早在新政策推行前，西方已普遍流行不婚不生主義，交往純粹是情投意合的兩人共同分享生活，並認定對方為唯一對象的簡稱，很多情侶甚至協議非唯一對象的開放式或多元關係。隨著社會風氣改變，交往不再是成家的上一階段，合則來，不合則去更為符合部分人對於關係的願景。「幸福演算紀元」掌握大數據，不可能忽略了這一點，面對質詢只會用考核的非強制性來回應。

事實上，篩選制度很大程度上就是優生學的實踐，種種實驗已經證明父母的特質會遺傳至下一代。生產力高的人，就會傾向生出生產力高的下一代；生產力低的人，就會傾向生出生產力低的下一代。撇除凡事總有的例外，新政府知道事情很大機會就是會這樣發展。於是為了挽救這個岌岌可危的城市，藉著「穩定交往證照」問世，透過發牌制以消極排除的方法有限度篩選出適合生育下一代的人。

賽諾政府不敢宣諸於口的真相是，獲發「穩定交往證照」的人都擁有平衡而穩定度高的優秀基因，他們對未來社會的願景藍圖，就是由近似他們的下一代人支撐。就算是無意生育下一代的國民，擁有一段健康穩定的關係，很大程度讓他們保有穩定的情緒，政府對外的宣傳是希望提升生活品質，實際卻是看中穩定關係有助提升生產力，減低感情煩惱造成的效率低下問題，甚至輕生風險。

生活品質評議會不單只負責舉辦考核和頒發證照，服務內容甚廣，全為提升 W 城國民的生活品質。W 城很清楚如果需要建構由一個優良基因主導的社會，人口質素遠比數量重要。不夠優秀的人口在菁英制的社會只會帶來負增長，因此，為了控制人口，評議會提供全民免費絕育，並為進行絕育的市民無條件提供額外的養老金，和每年 W 城子女贈予雙親的孝親費平均值看齊，杜絕扶養階層中流行的養兒防老的傳統觀念傳播下去。這一點亦為評議會贏取了那些只以享樂為前提而交往和支持獨身主義的國民歡心。所以最後，不光是具有生產力的勞動人口支持，就連出自扶養人口階層的也有評議會的擁護者。

就像芮珂。

窮人所生出來的孩子，最有資格說窮人不應隨便有下一代的說話。

她和其他支持「穩定交往證照」的群眾一樣追求並篤信，力臻完美的未來世界，優生學才是唯一出路。「幸福演算紀元」相信的一點是，若科學和制度已經可以用來杜絕下一代的貧苦，但他們沒有選擇這樣做，任由貧困繼續滋長的話，是一種反人道的罪行。

"I propose to call this new science 'Eugenics,'
from the Greek word meaning 'well-born.'"

<Inquiries into Human Faculty and Its Development>
- Francis Galton (1883)

「我提議將這門嶄新科學命名為『優生學』，
在希臘語的意思是『良好的出生』。」

《人類才能及發展研究》── 弗朗西斯．高爾頓（1883）

請刪去不適用者

HAPPILY EVER AFTER

等候區的時間彷似無止盡地凝滯，直至無縫牆壁又打開了一扇門，跟芮珂和莫藍來時的方位都不一樣。兩人對視一眼，接下評議會向他們發出前進的邀請。

莫藍握住芮珂一直安放在大腿上的手，她輕輕回握他微微結繭的手，刻意捏了一下，不忘做足每一項她在家裏演習好的表情管理和小動作。她認為在「穩定交往證照」，二人是否能夠長期相處、互相支持，契合度是考核要素之一，她要確保取得高分。他們依照廣播指示，牽手並肩步向眼前數秒前才出現的唯一一扇門，步速均一。

對於考核內容，他們一無所知，芮珂對於無法準備的考核深感不安，同時心底亦知道在沒有防備下的突擊檢測永遠最能如實反映應試者的真實程度。評議會為了保持審核公正，嚴禁申請人將過程或任何細節外洩。任何考試最終都會淪為生意，無數人看準商機為各式各類的考試舉辦精讀班，還敢保證不合格不收費。考核的原意被嚴重扭曲，由「有能者居之」變成「有錢者得之」。要是有備而來，考核就變得毫無意義。

為著杜絕歪風，申請同意書上特意加上保密一欄，洩密即屬違法。當然也有人說這樣的刑法過重，畢竟考核本身是自願性質。但評議會給出一個最有力的理由：作為發牌機構，只要有一部分的不嚴謹，就失去全部意義。

莫藍是芮珂能想像到最完美的情人，才華橫溢的他不只家境優渥，而且性格隨和，在朋友間深受歡迎，前陣子舉行的個人畫展人流更是絡繹不絕。交往一年，芮珂便發自內心希望和他發展下去，甚至共渡餘生。可是生活品質評議會的考核從申請人的基因開始分析，她不是沒有擔心過自己和莫藍沒有他們以為的適合——雖然沒有證照，他們仍然可以繼續交往，繼續一同執行本來的人生計劃，但她不喜歡自己有失敗的可能，亦希望通過考核可以給予莫藍信心，確認自己就是對的人。芮珂尤其想要得到評議會的肯定。畢竟不相信「幸福演算紀元」、不相信評議會的人就不會到這裏來。

外界所流傳的僅餘消息，就是「穩定交往證照」的考核總共有六關，寓意上帝在第六天造人。但沒有人知道那六關是怎樣的關卡，可是只要看穿評議會背後的目的，就會得知成功通過六關的情侶必定擁有評議會眼中標準的「優良基因」。雖然獲發證照也不一定代表有生育意願，但評議會為證照持有人提供的資源和支援無疑成為鼓勵他們生養下一代的誘因，如果是同性情侶獲得證照而有意生育的話，評議會會為他們提供試管嬰兒的選項。對銳意篩選基因的賽諾政府而言，這些資源投放都是最有回報的一項投資。

但對於考核本身，芮珂和莫藍兩人或多或少都有些許把握。事實上在正式開始之前，他們已經知道自己通過了整個「穩定交往證照」的初步審查，才有資格獲邀來到評議會大樓親身接受餘下的考核。

向評議會申請考牌的第一步，除了要先繳交一筆不可退還的申請費，還要出示雙方各自的經濟能力證明。這些門檻所隱喻的，就是在正式考試之前已經先排除了本來對社會沒有生產力的人組織家庭，甚至生育下一代的可能。欠缺經濟能力的人連自理都可能會出問題，需要社會扶助，在「幸福演算紀元」以人為本的大原則下，政府會負上照養他們直到終老之責。可是，政府同樣確保只到這一代為止。

芮珂相當支持這套理論。她父母長年失業，靠援助金過活期間生下她們四姊妹。芮珂今年二十五歲，在她出生的時候，「幸福演算紀元」還未問世，她的成長空間只有半張上架床。她習慣在側睡的半個身位反覆溫習，將三手教科書的三手知識倒灌咽喉直至倒胃口。她通宵達旦，除了因為硬板床不好入睡，更多是因為她領略到只有急切學習，為自己爭取更多的機會才可以逃離現狀——沒有人比她更習慣或擅長這回事，在只放得下四張餐椅的六口家庭之中，連吃飯都得主動爭取。直至成為家族第一個考入大學的人，她首次在宿舍擁有屬於自己的房間。雖然住的是二人房，但她和室友同意在中間掛一幅窗簾，劃分私人空間。入宿的一晚，她駭然發現這是她自出娘胎，首次發現世界可以靜得只有自己的呼吸聲。

能夠通過重重測試獲得證照的情侶，就等同得到評議會認可他們的基因是優秀而且值得遺傳下去。在等候區循環播放關於「幸福演算紀元」理念時是這樣講解的：撇除愛情等虛無情感，生育在論述上的意義理應如此。就算沒有成家的想法，申請人得到證照，就等同得到自己身上的基因比其他人更值得流傳後世的肯定。

芮珂和莫藍從等候區進入到另一空間，同樣是無縫的白色烤漆牆壁，和等候區有所不同的就是它沒了環狀的屏幕和舒適的無重力座椅，也沒有貼心為使用者提供服務的虛擬管家。他們來到的是一個課室般大的空間，只有兩張辦公室常見的椅子，和剛剛在等候區的體驗相形見絀，冷硬的環境和外面愜意宜人的設置劃出明顯界線，無聲地表示考核即將開始。可是叫兩人疑惑不已的是，他們面前沒有面試官，也沒有任何想像中一個「關卡」應該有的道具或設施。

芮珂抱持著警戒環顧四周，以為考試官只是還沒出現的莫藍不以為然，正想拉開其中一張椅子坐下靜候時，就發現椅背各自貼有一張不甚顯眼的標貼。一張寫有莫藍的名字，一張寫有芮珂的。芮珂跟發現了這一點的他相視而笑，沒想到莫藍會在這個時候挑起嘴角，左邊臉頰的肌肉鼓起，一抹狡黠的微笑剛好露出一顆小虎牙。

不要是現在——芮珂的精神已經在她的肉體內昏倒。她完全知道莫藍這副表情是在想甚麼。每次莫藍的腦海綻開一個小火花，讓他靈機一觸想到當下可以做出甚麼別人意想不到的事情時，他就會露出這副「看我的」的得意表情。根據芮珂的經驗，會讓他如此興奮的事通常都不是常人能想像的。

莫藍對上一次露出他的小虎牙，就是在他自己的畫展上。這次畫展的主角是販售莫藍在藝術大學畢業時的畢業創作，作為小有名氣、開始在業界嶄露頭角的新晉畫家，畢業創作象徵著他的生涯起點，不少看好莫藍的收藏家在事前已經表示有興趣。

在畫展開幕時，莫藍向大家簡介該幅畢業創作的發想，他說自己踏入二十五歲，在業界很多人都說他是年輕人，創作的日子來日方長，可是在他快將從大學畢業的一刻起，他首次意識到自己時間無多的逼迫，對於心底還有無數意念想要展現出來的畫家而言，餘下的壽命就算有多少年都匱乏得可憐，他的畢業畫作《5454》就是在這份情緒下創作出來的。

講到創作過程時，莫藍透露自己在畢業前正經歷一段低潮期，所以這副畫作其實未有真正完成。在沒有事先通知任何工作人員的情況下，他在現場邀請了兩位觀眾來即場參與，以互動形式一同完成作品。其中一人還要是深居簡出的知名評論家。他讓兩名觀眾將油畫顏料自由加到畫作之上。莫藍畫風抽象，《5454》的主色調是深藍和靛青，內部用柔和的赭石色和琥珀色漸層填充，除了和外圍的冷色調的形成對比外，基本上沒有人能完全明白這位畫家的構思。因此在現場觀眾隨意加上不同顏色的顏料後，畫作仍然沒有太大的違和，甚至比起之前更具特色。

當時在場的芮珂以為這個已經是他那個笑容所指向的把戲，直到他無視從遠方衝進場內的保安人員，將手中正點燃的打火機擲向畫作。

油畫使用亞麻布作為基底，在觀眾把含亞麻籽油的顏料油漬滲透之後更為易燃。

在畫廊的控制下，火勢很快就被救熄，但畫作已被燒成一坨，在場所有賓客也被嚇得不輕。因太接近火源而被輕微灼傷的莫藍繼續簡介，淡然留下一句：「既然時間多少都不夠，留下再多的也沒有意義。」

《5454》的殘骸最後以畫廊該年度的最高成交價賣出。

自此，芮珂一見到莫藍這副笑容便會聯想起他不經思索的魯莽。芮珂仰慕他的才能，並相信他的才華很大部分是由他與別不同、不受一般框架所困的魯莽促成的。可是這套在他的藝術世界管用，不代表評議會會欣賞。果然，莫藍一下子就坐到芮珂的椅子上，悠閒地蹺起腿來。

芮珂的直覺讓她出手阻止莫藍，評議會作出這樣的安排，很明顯是想要引導申請人坐到顯然為他們而設的椅子上。就算「幸福演算紀元」的政策有多以人為本、實施有多自由，賽諾始終是政府，他們需要優秀的國民，更需要服從、願意融入社會的國民。

莫藍以玩耍的姿態撥開她的手：「你經常說考核隨時已經開始，說不定這個擺設就是在考驗我們會不會不問原由就盲從指示。」

「或者，」芮珂一手拉起莫藍的衣袖，讓他挪開寫有不屬於他的名字的位置：「考驗我們會不會像個正常人一樣會閱讀理解。」

「無聊的事誰都會做，有甚麼需要考驗的？」

在莫藍和芮珂爭持之際，房間突然傳出咪高峰的摩擦聲，他們馬上打起精神沿聲音來源追溯，可是房間跟他們進來時的印象一樣，除了椅子空無一物，他們可以勉強追溯到廣播的聲音是從房間的上方傳來，理所當然並沒有找到任何類似廣播器的儀器，聲音就從一個他們以上的空間持續傳出，雖然可以想像房間某處顯然安裝了鏡頭，但當聲音的主人以一副全知的口吻由上而下對他們說起話來，讓人一不小心就會產生正在跟神對話的錯覺。

考試官以聲示人，出奇地使芮珂沒這麼精神繃緊。很多由坊間開的服務軟件都會使用人工智能的生成聲線，好處是可以使用最少資源設計出不同腔調、不同性別甚至不同情緒的聲線，缺點則是會帶有一種濃厚的程式序列感，現在不少較為昂貴專業的人工智能，他們所生成的聲線越來越像真，可是就像是最新型號的虛擬管家，只要仔細留意還是可以辨識它的回答過於公式化，並不是真人。

反觀上方傳來的聲音中，這個自稱「管理員」的人說話句子之間有呼吸聲。雖然芮珂到今天以止在評議會大樓除了莫藍以外還沒看到任何真實的人類，但她知道在廣播器後面的是一個真實

請刪去不適用者

的人，感覺頓時好多了。也許她內心一隅還殘餘傳統的老派思維，可是現在來討論關於生活品質、關於基因行為、關於以人為本的問題，背後的終極目的都是確保W城的下一代人能夠比這一代更優秀、過上更優質的社會生活，即使是科技至上的「幸福演算紀元」，用虛擬的人去考核真實人類為人的資格，似乎違和得說不過去。

管理員跟兩人簡單打個招呼後，便開始資訊性的解說。基於公平原則，考核一旦失敗就得再過五年才可再次申請。因為報名考核時，每名申請人均是以個人名義參加，所以就算中途替換交往對象亦無法鑽到五年空窗期的漏洞。茲事體大，申請人都必然是有備而來，管理員所說的資訊大多在官網上一覽無遺，那些部分芮珂當然亦已經倒背如流。

「穩定交往證照」的考核共有六關。除了在基因分析的實驗室層面以外驗證兩人的契合度，亦會考察申請人的個人特質。表面用來助證關係的穩定性，更遠大的目標卻是想要知道申請人是否具備值得遺傳的「優良基因」。只有通過所有關卡，才會獲發評議會認證的證照。

「／過程全程保密，也不會被錄影。每通過一關，就會知道下一關的內容。當中會為你們安排休息時間，如是者一直到尾，有問題嗎？／」

芮珂估計廣播器的聲線是原聲播出，不經任何特效過濾，她試圖從聲線中推測出一點關於管理員的個人資訊，情況就好比在面試前，只要從電郵中得知面試官的名字或階級，她就有辦法在無邊無際的網上世界找出考官的女朋友在大學時所養的貓叫甚麼名字。芮珂就是這樣為自己爭取到中學第一份暑期工的。

芮珂會用乾淨來形容管理員的聲線。她可以接近肯定地指出管理員應該是一名三十歲上下的男性，他的發音清晰而自然，語速適中，儼如新聞播報員，顯然接受過評議會的專業訓練。直到目前為止，他給予兩人的所有指令或說明都沒有刻意的矯飾，每個字音的尾端又像被細心打磨過一般圓融，自然得甚至有點不像一個嚴苛的考試官。

「沒有？」莫藍面向空氣答話，眼睛不知道該放哪的感覺有點蠢。

「／很好。」但管理員似乎沒在意：「在考核的任何時候，你們隨時可以叫停退出。只是我必須代表評議會提醒兩位，退出或最後考核失敗的話，已繳交的申請費不會退還，而且需待五年後才可再次申請。屆時亦必須重新繳費以及由第一關重新開始。說到這裏，你們有問題嗎？／」

「沒問題。」這次搶答的人是芮珂，但她開腔的目的並不止於答話：「不知道，考試官您會不會有甚麼提議可以事先指點一下我們？」對於一般人可能會因為彆扭而不敢說出口的話，說得恭敬而含蓄，而且神態自若。

莫藍見狀乖乖閉嘴，深知這是芮珂最拿手的表演。憑藉莫藍和她交往期間所得的觀察，他知道當她這樣問的時候未必是想得到答案，或者單純只是想顯示自己對於獲得證照的決心，賭一把說不定這種對成功的執著，也是評議會傾向的優良特質。

芮珂這話一出，上方竟傳來一聲意義不明的輕笑，讓他躲在聲音後的形象和一名掌握大權的考試官背道而馳：「／受舞弊條例的保護下，任何人都不得洩漏關於考核的關卡內容。很遺憾，包括我亦不可以。／」

芮珂正想說點甚麼，就被管理員未完的話句強行打斷。

「／而且，我只是一個管理員，從沒有自稱為考試官。／」

莫藍這時毫不保留地表現出恍然大悟的神色，被潑了冷水的芮珂臉色沒有絲毫不悅，明知沒人在面前還是以輕得不能再輕的聲線喏喏應答一句：「不要緊。」這句話是她說給摔了一跤的自己聽的。

偏偏就在此時，管理員又補充：「／根據你們所遞交的申請表格，芮珂小姐你是在名校任教的數學教師，莫藍先生又是剛舉辦了個人展覽的畫家。就最初步的數據看，你們絕對是為 W 城提供主要生產力的人才。如果 W 城的下一代都像兩位的這種人……」

管理員一頓，續說：「應該很幸運。／」

聽完這席話，芮珂心底暗自叫好，認定管理員的意思是評議

會對他們的初步印象很不錯。而且雖然她錯把在考核房間遇上的第一人當成考試官，討好的對象完全搞錯了，可是認真一想，她又不如此認為。如果管理員真的只是「管理員」，單純處理行政工作、擔當傳話角色，完全不牽涉決策的話，這種職位在「幸福演算紀元」實行的第一階段就被取締了。

不過只要一天未知道評議會要求證照持有人所有的優良特質是指甚麼，沒有人能肯定自己是否具備這些特質或條件。畢竟國民都是真人，都有自己的弱點，可以做的就只要盡量收好隱藏。莫藍才華過人，缺點是英語水平不好，因而丟了不少在外國參展的機會。可是自從和芮珂交往後，她教會他面試成功的秘訣：就是要在那十五分鐘內騙過那裏的所有人。無論是暑期工、大學學位或畫展機會，所有面試如是，只要瞞過了這十五分鐘，成果就會跟隨你一輩子。

第一章 繞遠的路吧

請刪去不適用者

HAPPILY EVER AFTER

平滑的牆壁再次出現縫隙，一道狹小的光線打開成一扇門，莫藍心想無論在看多少遍都一樣具時代感。管理員指示兩人離開房間，前往第一關考核的會場。莫藍從座椅上站起來，不忘依照芮珂叮囑過在她移動時必須要記得牽住她。當然她不是真的需要攙扶，但他們需要看起來互助互愛。她常說所謂考試和面試都同樣，一心只打算去應付考試內的問題的人往往會被淘汰。「一個優秀的遴選者要做的，是在這段時間內爭取讓他們刮目相看的表現。」儘管芮珂在事前這樣給過莫藍指示，卻沒有解釋這種進取的手法是要怎樣實行出來。

只是不由分說，眼前的狀況奇怪得連芮珂都起疑。他們所在的這個空間四面空空如也，就連座椅都沒有。可是就在他們身後的門關成小得不再小的縫隙的一刻，他們眼前的那堵白牆就起了變化，而這次不再只是變成出入通道。像在某處打開了投影機一樣，一扇「門」的圖像被投射在牆上。莫藍本來還覺荒謬，出於好玩及好奇前往觸碰，可是到他確實碰到門把、指尖感受到鋼鐵的冰冷一刻，他因為投影的真實而開始臆測考核會出現的內容，頓時覺得一切都不再好玩了。

「這是甚麼最新的魔術科技……」莫藍心底寧願這是魔術，也不想承認自己真的被現在他們擁有的技術所震懾。「幸福演算紀元」每季都會推出新科技，以助國民提升生活品質，莫藍早已經跟不上了。在未知的一方面前，無知的一方顯得格外渺小。這種感覺讓他覺得自己在考核開始前已經輸掉了。

「／請進。／」管理員再透過廣播下達指示，實則是在催促。芮珂沒理會莫藍在門前驚呆，率先打開了那扇不知是怎樣可以投影得如此逼真的門。莫藍見怪不怪，生來路就走得比較迂迴的芮珂，從各方面都要比他要勇敢果斷。

門後，他們一同被嚇得不能動彈。

第一關的場地，比起剛才的房間加上等候區都要大。事實上，如果剛才的房間是課室，這裏就是一個室內操場。不同的是這裏沒有任何一扇窗，四周盡是刺眼的白光射燈，感覺就像身處偵訊室一樣壓迫。

但真正嚇退他們的，是躺在地上的一把手鎗。

「這也是投影吧？」莫藍走近，盡量嘗試用輕鬆的語氣帶過氣氛的凝重。他試探性地一踢地上的鎗枝，踢起來比他想像中要沉甸得多，而且鎗身磨擦石地的聲音聽起來也跟真正的金屬無異。

就在他猶豫要不要將真實得嚇人的觸感告訴芮珂，讓她比較利索理性的腦袋去判斷之際，上空又傳來管理員的聲音：

「／你們眼前有一個男人。／」

在他這樣說之後，兩人正對面的牆上不知何時又被投射多了一扇門。一個男人果然從那扇門進來，他跟兩人打了個照面，對上眼神的一刻，莫藍甚至禮貌地和他揮手問好。

謝天謝地，莫藍在心底呼喊在今天可算是見到一個真人的喜悅。男人和他們相距約有大半個籃球場，所以尚能清楚從身形和輪廓判斷他是一名中等身材、比他們略為年長的男性。他是另一位申請者嗎？這是莫藍第一個湧現的猜測，可是見他衣衫襤褸，連鞋也沒有穿，這種經濟狀況應該連考核的入門門檻邊也碰不著。

就在莫藍糾結於和他們共處一室的這個男人的身份，管理員爽快提供了答案：

「／這人犯下了多起強暴罪。根據他犯罪的國家依例判處死刑。在這關，你們要負責執行死刑，用手鎗將他處決。／」

……處決？

正當莫藍以為這是甚麼假設性問題的場景題時，投影機隨即在牆上投射幾篇用外文報章的剪報。雖然莫藍看不懂這是甚麼外語，但從旁邊的翻譯大概知道這是幾宗連環強暴案的報道，上面確實印有這個男人穿著囚衣的照片，如假包換。內文指犯案者故意跟蹤夜歸的獨身年輕女子，挺身指證他的受害者已有七人，他已經承認全部控罪。只是從報章的粗糙看來，不像是由他們擁有的先進科技後製而來的。

「請問是不是搞錯了甚麼？我們是參加的是生活品質評議會第一部門的考核，來領『穩定交往證照』……」芮珂深信管理員的安排肯定是出錯了。

管理員不假思索就確定這是正確的考核。

莫藍看得出芮珂正盡她的最大努力來保持冷靜，她用微微顫抖的聲音向上方的空氣提問，語氣仍舊保持不亢不卑：「要證明我們關係穩定度高、適合長期相處，跟下手殺人的關係在於哪？」

「／如果兩人在看待生死的重大議題上出現嚴重分歧，甚至無法達成共識，這種狀況和契合度自然息息相關。考核的要點是透過評議會設計的測試，有效率地驗證兩人此刻相處依然，是因為契合度高，抑或只是矛盾未被挑起。

更長遠地設想，總和生育率的人口更替水平數值是二點一，達至水平的意思是在不考慮移民影響下，每一代人能夠穩定地替代自己。而現今 W 城的數值是二點二，生育下一代仍然是 W 城國民的普遍取態。因此在頒發穩定交往證照時，評議會必須想得更遠。由申請人教養的下一代，是否帶有適合融入幸福演算紀元社會的特質，必須納入考量。

芮珂小姐，我還以為你夠聰明想得到呢。／」

正面吃了一記的芮珂再也説不出話，莫藍並不肯定她在裙擺旁握成拳的手是否代表她正後悔自己開口挑戰了評議會設計的關卡。他伸手想要捉住她繃起的拳頭，管理員半晌又開腔：

「／如果相信好的生命值得被創造，
那為何要忌諱去消滅不值得存在的壞生命？／」

那是為甚麼？

莫藍想他明白管理員的意思，但他越來越搞不清楚的是這一關要考核的是甚麼，難道真的單純是兩人對於生命的價值觀？

「／你們有二十分鐘時間完成。／」

在時間的逼迫下，莫藍再次望向對面的男人。他們都簽下了自願參加考核的同意書，是眼前的人是一個作惡多端的大壞人，但莫藍依然無法想像自己在二十分鐘後會親手了結一個陌生人的生命。雖然沒表現出來，但他想要通過考核的心其實不比芮珂弱。至於芮珂的確想要和莫藍領取證照，甚至渴望在未來成為一個母親，她不想成為的是一個奪去他人生命的人。她同意這個人該死，但下手的人她不希望是自己。這刻的芮珂一直低頭不語，刻意迴避那個男人的正面。這天早上任他們再嚴陣以待，不都是打算做一下面試、填一下心理測驗問卷，沒料到一直禁止試題外洩的評議會會用到如此極端的手法去建構「幸福演算紀元」中的理想藍圖。

「如果我們不動手？」莫藍沒料到，芮珂在剛才的教訓後會再次開口提問。除非她認為這是對她有利的行為，否則她並不會做任何多餘的事。

管理員顯然一直在觀察二人，等到這個時候，才決定為目前的狀況再添加說明。

「／你們有權選擇退出考核，不處決他。是次申請會作失敗論，而這個男人，他本來在法庭被判處的是極為痛苦的低電壓電椅死刑，過程非常漫長而難以承受。所以，他是自願來 W 城的生活品質評議會當志願者，試圖換取一個可以較人道地死去的機會。如果你們退出考核，拒絕用手鎗處決他的話，他隨即就會被送往

接受低電壓死刑。／」

莫藍握住芮珂的手，她掌心的汗水絲毫不比他少。從側臉看，芮珂為了今天考核而梳的髮髻冒出了滴滴飽滿的汗水，沿著輪廓滑落到下頷，雙眼像壞掉對焦功能的鏡頭不停抖慄恍惚，比眼前的人更像一頭將要被宰的無辜羔羊。

相反，對面真正在面臨死亡的人已經跪在地上，被扣上手銬的雙手反手在後，眼神相當平靜從容。他抬頭，確保眼神和莫藍對上之後，再向他堅定地點了一下頭。

莫藍不禁打了一個哆嗦──原來這人早在和他見面的初始一刻，已經在請求他殺死自己。

「／你們和他，還有十四分鐘。／」

世界這麼大。這種事或者每天都在眼皮底下發生，只是我們

不在場，甚麼矛盾甚麼道德難題都只存在於精裝的入門哲學書。芮珂試圖如此說服自己，但一旦身陷其中，她才深切體會人不能永遠像翻掀書頁一樣輕輕掠過問題，偷看背頁根本不存在的題解。

「芮珂……」莫藍輕聲喊她，輕輕拉了她的手一下。

被叫的芮珂被嚇倒，反射神經使她將手猛然縮開，驟然又覺得自己的反應過大，但身在高壓環境也是人之常情：「我還在想……等我一下……」

莫藍苦笑一聲，把自己剛才的話說完：「我其實是想問，你還好嗎？」

聽罷芮珂方回過神來，對於莫藍溫和的問候略感錯愕，不耐煩地反問：「現在是互相關心的時候嗎？」在她眼中，莫藍應該和她一樣專注解決面前的困局。只有實在的事才是真實的。

「我們應該要動手的。」出乎芮珂的意料，在生活上一向甚麼都以沒所謂、輕輕帶過的莫藍竟然會在此刻開口，像宣讀某種標

準答案對她說出決定。

「他是該死的，誰去動手也是一樣。」不待她回話，莫藍逕自續說：「表面是我們殺了一個人，但實際上我們是做了一件好事。」

「不，」她很快深呼吸一口氣，回復冷靜後望向莫藍：「為受害者討回公道，讓我們通過這一關，讓這個男人人道地死去。這裏是三件好事。」她豎起三隻手指，把這件事帶來的好處羅列出來，將一道生命問題當成是數學題解一樣清晰說明。

其實不需要莫藍說服，芮珂知道自己只要花點時間釐清思緒，就會發現自己的想法和他一致。在芮珂列舉的三種好處中，莫藍當下其實只想到最後一項。

死亡在藝術上總是有很多種表達方式，有人會選擇留白，有人會選擇色彩鮮明的對比。在醉心畫作後他就漸漸明白到死亡也有很多情感，而且並不一定都是悲傷。在這個關頭，通關達成目的固然重要，更重要的是人有惻隱。如果死亡實在無可避免，不必要的痛楚也應該避免。外面的世界每天有人好心做壞事還懵然不知。不難理解在這裏，賜死也可以是慈悲之舉。

世界本來就不單純。用單純看待世界，只是另一種無知。

顧慮到芮珂沒有扣下扳機的勇氣，莫藍主動蹲下，拿起那件他從未想過自己會有機會接觸的殺人武器。他畫過很多鎗枝，甚麼機關鎗狙擊步鎗，在他和畫廊合作前幫過很多遊戲公司作畫接案，自以為對它們的結構外形都熟悉得很。可是他的參考圖也只源於在模型店買來的玩具，他不曾看過真實的子彈，也不曾看過帶有溫度的鮮血從有意識的頭顱溢出。在這天之前，他在作畫前不曾想像過鎗身的鋼鐵原來是這種冰冷，把一條性命握在手中原來是這種沉重。

在莫藍壓下指頭的一刻，芮珂依然想不明白來考取「穩定交往證照」的自己為何會在這個位置目擊這一切。難道要他們殺人，只是為了要感受生命的重量，從而更審慎地檢視自己將為社會生養一個怎樣的下一代？這個男人的母親把孩子生下來的時候，是否又知道他會被自己的基因或社會的洗滌磨礪成一個這樣的人？芮珂捂住耳朵，視線一直放在自己的鞋尖上。為了今天考核，她

專程去裝身，千挑萬選挑了這套連身裙，配上那對帶有矮跟的簇新牛津鞋。然後，成為一個衣冠楚楚的劊子手。

砰——

莫藍沒有讓刻意氾濫的腦袋休息，他任由不同的問題充斥腦袋，包括思索人為何而生、死了又去會去哪之類一連串不會有答案的哲學問題，好等自己不需要直視前方，不需要去想動一下指頭跟那一下鎗聲有甚麼直接的關係。他迫使麻痺的大腿慢慢屈曲蹲下，嘗試讓負責拿鎗的手放鬆一點。莫藍清楚知道這樣對他剛才的所做的事不會造成任何影響，但他的確很需要放下鎗枝，單純是不想和它再有任何程度的接觸和連繫。

「／請不要放下手鎗。／」

靜默多時的廣播再次響起，芮珂心想管理員肯定非常享受看著申請人驚恐失措的窘態，不然一個有感情、有惻隱的真人不會選擇這份工作，至少人工智能只會跟從程式設定，不會有任何的掙扎。管理員見到莫藍想要放下手鎗的舉動，挑準時機把他叫停：

「／這一關還未完。／」

莫藍連忙回頭再看芮珂，在監視鏡頭中兩人的表情一樣難看。雖然管理員沒說下去，但他們的心底不約而同地冒起了同一個不祥的預感。

莫藍鼓起勇氣讓自己直視前方，剛才的男人倒臥血泊，身體沒有任何起伏，也沒有一分一毫的生命跡象。他身後的門再被打開，進來的是另一個男人。

——不。芮珂在心底吶喊。

「／這個男人犯下了多項非禮罪……」

不待管理員說畢，莫藍便叫停了他：「非禮而已？他和剛才那個男人很不同吧？非禮罪應該也不致被判死刑，所以你也要我殺他嗎？」

管理員頓了一頓，似是刻意待莫藍靜下來才繼續宣讀關於第

二個男人的事。管理員任由一股靜謐充斥空間至一個叫人覺得不妥的程度，才完成待續的句子：

「……他犯下多項非禮罪，受害者達幾十人。

年齡最大十歲，最小只有三歲。／」

這回在空間留下死寂的人是他們。

「／你們有十分鐘時間處決他。同樣地，時間到了而沒完成的話將視為考核失敗。不過──／」

管理員話尾的兩字讓兩人的心跳瞬間加速，芮珂感受到自己的心臟跳得好比身在過山車路軌的最高點準備俯衝下去的前一刻。

「／不過，這個男人所犯的非禮罪沒有被判死刑。因為證據不足，僅是被判處五十年的有期徒刑。和上一個男人一樣，他也是自願來參加的，條件是如果你們選擇不處決他，他就會馬上被釋放，重獲自由。當然，你們亦當考核失敗。所以請謹慎行動。／」

當管理員說到重獲自由四字的時候，莫藍和芮珂都清晰聽見男人輕快地笑了一聲。

這樣的笑聲，是源於興奮或僥倖？

手持鎗枝的莫藍將目光轉向新進來的那個男人，嘗試將他的臉孔連繫至剛才管理員所說的描述。十歲？三歲？他不自覺將手鎗越捉越緊，真有衝動想轟開他的腦袋看裏面裝著的是甚麼。

莫藍的理智告訴他不應該將兩件事掛鉤，可是他在五分鐘前，不也才動手殺了一個該死的人。鎗在他手上。如果有權執行正義，不去執行的話就是不義。

站在後方的芮珂亦同樣瞪住那個男人，身前還躺著一個剛被轟得腦袋開花的強暴犯，不免驚訝，這個世界竟然真的有糟糕到這個地步？W 城的犯罪率在「幸福演算紀元」下驟降至史前新低，離罪惡太遠的他們好像漸漸喪失了對邪惡的抵抗力。她不禁想起剛才宣傳「幸福演算紀元」的短片，提及過罪犯的後代，犯案機率比起一般人要高百分之六十。這個就是基因的可怕，亦是新政府推崇優生學的有力理由。

將他們一併送到地獄。好像有某把聲音在芮珂的腦內說。如果他們留在地球上，生出更多像他們的罪犯，這個世界就不堪設想。W 城好不容易經過二十年改革成為樂土，但現今世界流通率甚高，壞人總有機會乘虛而入。

此刻，莫藍已經舉起手鎗，拉下扳機。他想這次自己已經足夠勇敢去直視一個人的死亡。多有餘辜的死亡值得慶祝。

可是，這次阻止他的不是剛才殺第一個男人的猶豫，而是一直在他身後的芮珂。

芮珂拉住他瞄得正準的臂膀，似是怕他一時衝動甚至想要強行將他手上的鎗搶過來。

「我們不可以殺這個人。」芮珂說出莫藍想也沒想過的話。他一直以為，芮珂想要通關的心比他更為強烈。

為甚麼不可能？莫藍分不清在這個關頭她是太仁慈還是懦弱，大膽反問她：「如果那些受害的人，是你？」他深呼吸一下，續說：「或者我們將來的女兒呢？」莫藍很清楚這是芮珂的願望，慾望即弱點，他讓她這樣想，或者會讓他們作出的決定容易一點。

莫藍以為易地而處就能使人感同身受，誰知她一把就將鎗枝搶過去，不帶一點遲疑。

「我們不可以殺死這個人。他和第一個男人不同。」芮珂早一步捉住莫藍的肩膀，著不再手握權力的他冷靜一點：「第一個男人被判處死刑，我們的行動只是讓他免卻痛苦；但這個人沒有。剛才不是說因為證據不足，所以他僅僅被判監嗎？」

「可是我們不殺他，他就會逍遙法外，」莫藍一想起如此十惡不赦的人能重獲自由就覺得不妥當：「讓這種人生出更多的後代，你真的覺得這個世界妥當嗎？」

芮珂是「幸福演算紀元」的擁護者，尤其支持他們推崇優生學。莫藍不解的是如果優生學是對的，這種基因，難道不是最應該被消滅嗎？

芮珂輕嘆一口氣，吐露出醜陋而無可辯駁的事實：「但我們始終不能肯定他有做過。」她引用剛才資料上述的證據不足，即是代表他依然有百分之一的可能是無辜的。

「我們有百分一機會成為濫殺無辜的兇手，」她盡量將最糟糕的情況描述：「你想冒險嗎？」

「所以就應該由他繼續遺禍人間？」莫藍的數學沒有芮珂般精明，但很清楚這些關於機會率的把戲：「為著百分之一的機會率，值得放棄你所追求的未來？」莫藍甚為不解，只管嘗試努力說服芮珂。他知道通關獲得證照對芮珂來說有多重要，在第一關就為了一個只有百分之一機會是無辜的人放棄她想要追求的事，不像是芮珂的為人。

莫藍自身也有想要通關的渴求，可是撇除這點不談，單論是非黑白，莫藍仍然為芮珂和自己的想法如此迴異而驚訝。他對考核一直談及要反覆驗證的契合度認知不多，他認為只要兩人當下相處自在，不就代表兩人契合嗎？但來到這刻他才初次發現，原來有些矛盾和分歧，的確是在特定情況下才會像加了顯影劑一樣浮現眼前。

他以為精打細算的芮珂就算不被數字實在的概念所撼動，也會顧慮自己想要通關的渴望，怎料她竟然談起公事來。「上個月，我不是說班上發生了偷竊案嗎？有九個同學都告發同一個人，但我沒有親眼見過他偷竊，所以我甚麼行動也沒有做。最後我和其他老師發現了他們這群人本來是朋友，因為一些小紛爭去杯葛其中一人，所以合謀將自己的東西藏起來陷害他。」

「這些小學生的惡作劇，能跟我們現在面對的人相提並論嗎？」莫藍有點氣她竟然分不清事情緩急輕重。

「機會率就是數字，同一套機會率就是沒有輕重之分。」她斬釘截鐵地說：「麥菲定律就是『但凡有機會發生的事，都會發生。』如果我錯怪了那位同學，我就是一個糟糕的老師；但這裏我們萬一錯怪了這個男人，我們就是濫殺無辜的殺人犯。」

莫藍沉默半晌，提聲反問芮珂：「那我們怎樣才能知道，他到底有沒有做過壞事？」

「我們……暫時還不知道。」她咬咬唇，用長滿紅筋的眼睛直視他：「但要是他死了的話，我們就肯定永遠不會知道。」

他們不自覺磨蹭得太久，廣播又傳來管理員的提示：「／你們還有三分鐘。重申一次，不處決他的話，你們的申請就算作在第一關失敗。／」

就當芮珂說的話有理，管理員的提示又讓莫藍清醒過來：「你真的希望，我們第一關就要打道回府？」他不明白為何本來執意取得證照的芮珂此刻好像完全不在乎這回事，莫藍一想起要苦等五年再將冗長的審查程序經歷一遍就覺得痛苦難當。

莫藍想到這裏，他感受到芮珂使勁捏住他的手，似是用蠻力強迫他聽她說話：「我們殺了他之後，如果下一個從那扇門走出來的是一個無辜的人呢？我們也要殺他嗎？又如果是一個孩子呢？我們的家人朋友呢？你能肯定你爸整輩子都沒有做過壞事嗎？前面站著每一個整輩子也『有可能』做過壞事的人，我們為了過關也要大開殺戒嗎？」

為了過關可以付出多少？遞交申請前莫藍不是也有想過，他到底有多需要生活品質評議會的這個證照。答案是很需要。但他以為芮珂比他更想要。

「我們如果無法達成共識，通過不了考核，只是代表這段關係的契合度可能的確沒我們中高，或者我們的性格特質的確未夠穩定去符合評議會心中的期待。」她把管理員一開始向她解釋為何證照和這個關卡掛鉤的話聽了進去，如果她對關係的期待包括生養下一代，也應尊重考核過程會驗證他們萬一在未來為人父母，是否具有為社會好好撫育一個好人的能耐。

「失敗之後，我們自己至少仍然是一對好人。」她苦笑對莫藍說：「我們回家再認真想想，說不定就能得出不用殺人也能通關的方法。」五年後，他們總是可以再來。

芮珂下定心腸，將從莫藍手上搶過來的手鎗丟在地上，還使勁踢得遠遠。鎗枝在石地上翻滾了一個圈，半個圈，然後靜止。金屬擊落石質的聲音是兩種碰撞但不能揉合的硬朗，迴響久久未散。

不待管理員再倒數，芮珂就堅定地給予答覆：「我們不會殺這個人。」

管理員那端先是一段沉靜，廣播才再響起：「／答案是否確定？你們還有一分鐘可以考——」

管理員越是催迫，莫藍就越想不明白箇中的因由，混亂的思緒夾雜情緒洶湧而出：「你們到底是要怎樣？」想起申請即將失敗的他不自覺就激動起來，被那些不斷的倒數更是弄得心煩意亂。

芮珂從後輕柔捏了一下他的肩膀：「如果我們認定對方是正確的人，五年也沒有很長吧。」

我們寧願繞遠路，也不要走歪。

說到這裏，對面牆上投射出來的門慢慢熄滅。

一陣光暈虛晃，連帶站在門前的第二個男人，以及躺在血泊上的第一個男人一同像投影機關掉的影像消失得無影無蹤。

這些都是投影？莫藍和芮珂兩人心中同樣充斥無數疑問，房間的燈光慢慢恢復正常，四周又再回歸像第一間講解室般空空如也。場景的轉換說明這個關卡已經告一段落。兩人連忙呼出一直壓住心頭的一口氣，壓力虛耗的體力近乎透支。

然後，空白的牆上又再投射了一段字句：

「通過？」在場的兩人沒有一絲頭緒，直至長久沒有動靜的廣播終於開腔確定他們通關，兩人還是不明所以。

到底是為甚麼……莫藍未把滿腔的疑惑宣諸於口，管理員給出似是而非的解話：

「／柏拉圖說：『要衡量一個人，就要看他在手握權力時的所作所為。』

恭喜你們通過第一關。

接下來，請循對面的大門進入第二關的房間。／」

對面牆上剛剛消失了的一扇門，在管理員話畢又隨即浮現，而他似乎除了宣布兩人通過以外就不打算解釋更多。莫藍這才終於敢對芮珂展現笑容：「意想不到。」

芮珂聽罷，只是含蓄地點頭，對於通關似乎沒那般雀躍。很快她就動身走往出口，收拾好心情準備迎戰後面的關卡。

過關固然是讓人鼓舞，要獲得評議會的認可當然不會容易，但讓莫藍更不安的是這才是第一關。之後的關卡還可以怎樣更棘手？

莫藍連忙跟上芮珂的腳步。走到對面那扇門使得他們橫越整個房間，也途經了剛才第一個男人被處決的地方，莫藍體內不禁傳來一陣寒沁。

「只是投影罷了，不要怕。」芮珂有點不耐煩地安慰道，拉著他的手快走。可是在他們走過那塊地上，莫藍好像隱約看到血液乾掉的抹痕。

「是投影來的，」芮珂見他沒有動靜又回頭，說得異常斬釘截鐵：「只是投影。」然而她的目光一直不敢觸及疑似留有污痕的地方，恍惚徘徊於潔淨無垢的安全地帶。

莫藍被半拖半拉地領著走，在心底將芮珂的話反覆播放。評議會的考核著重保密，不少人紛紛忖度裏面的關卡到底會是甚麼程度的測試。既然篩選不會太簡單，面對自己做過的決定和後果，可能也是考核的一部分吧。他不停重複，重複到自己無法質疑。

在他回頭再看剛才進行第一關測試的房間，發現在正對面的一堵牆、即是他們剛才進行考核時背對的那堵牆不知何時又被投影了同一組字句，只是當中多了一個詞：

第二關的場地跟他們離開等待區、最初進來開始聽管理員講解那個課室尺寸的房間近似。四堵亮身白牆，只有兩張椅子，還多了一張四方桌。

趁管理員尚未有指示，等待的時候莫藍先拉開椅子閒坐稍作休息，唯有芮珂佇立原地，從進來開始就盯住椅背一動不動。

「把握時間坐下來休息一下，不知道待會又是甚麼折騰人的關卡……」莫藍試圖用關心掩飾自己隱隱的擔憂。別人常說伴侶都會心有靈犀，但面對芮珂，莫藍很多時候總是無法看透她複雜的腦袋在想著甚麼。就如這一次。他也不肯定她是否被剛才的關卡嚇壞，還未恢復過來。

「你知道，剛才我們為甚麼會過關嗎？」芮珂在椅背後站著，以平靜的聲線詢問莫藍。

「因為……我們沒有自私想要為了自己過關而胡亂殺人，於是就獎賞我們之類？」過關後莫藍就沒有多想，他最關心的除了前面未知的關卡，就是剛才處決第一個人的感覺有點太過真實。就如芮珂所說，可能第二個人真的是無辜、證據不足都是有原因的，所以當申請人沒有為了一己私慾而處決他，在評議會眼中就是做對了決定。

芮珂猛地搖頭：「如果是這樣的話，那麼第一個證據確鑿、理應是百分百該死的男人為甚麼要出現？他們為甚麼要先安排我們殺他，然後又出現第二個人？」芮珂一直嘗試將所有線索拼湊出大圖畫：「管理員的指令很清晰是『殺了他就能過關』，最後結局卻是反轉，要不殺人才能過關。」她反問莫藍，這一點不是很奇怪嗎？

被芮珂這樣一說，這個關卡的確存在矛盾的地方。可是既然已經過關了，莫藍更傾向把心思放在未過的關卡之上。

說到這裏，莫藍就記得有件事還未跟她分享。

「剛才你一股勁就往前走，我不慎回頭的時候看到第一關的房間，背後那幅牆上寫了我們通過的關卡是『勇氣』……」他不知道芮珂會否怪罪他沒有第一時間告訴她，雖然莫藍自己也不知道剛才最後選擇不殺那個男人的他們到底展現了哪裏的勇氣。難道是不怕考試失敗，不怕犧牲自己的渴望的勇氣嗎？

沒想到芮珂沒有他看到二字的困惑，反而報以一個理所當然的微笑。

「莫藍，看看這邊。」一直站在椅後的芮珂朝他招手，視線一直莫名其妙地盯住那兩張椅子。

「有甚麼特別的？」莫藍索性站起跟她一起端詳座椅，就是普通不過的辦公椅：「我們剛剛在聽講解的第一個房間不也是有椅子嗎？」

「就是這裏不一樣。」芮珂捉住椅背，像老師出考題一樣：「你記不記得，在講解室的椅子有甚麼特別？」

雖然只是半小時左右之前的事，經過剛才第一關的驚魂之後已經恍如隔世，莫藍依稀記得，講解室的兩張椅子……

「貼了我們的名字。」莫藍忽然就回憶起來，再看現在眼前就發現這裏的椅子並沒有姓名貼，所以一進來就累趴的他才會一下子就攤坐。說來奇怪的是，其實正常才不會在椅上貼名字，這裏又沒有別的申請者，為甚麼一開始要規定兩人坐哪，而現在又無所謂？除非，椅子的姓名貼也是關卡的一部分。

「想不到，評議會會用勇氣來為關卡命名。」芮珂看似是自說自話，可是分明就是要說給莫藍聽的。他把兩個字在心中默唸，加上剛才從一開始見到姓名貼的時候開始聯想起來，突然關卡的名字就像鎖匙，每一段匙齒都恰好剛好，一刻鐘就解通了在他腦海已經成型的謎底。

她像把秘密吐出一樣舒坦地坐到椅子上放鬆笑話莫藍：「你終於想出來了。」

莫藍回憶剛才過關後，管理員引述了柏拉圖一句話：「要衡量一個人，就要看他在手握權力時的所作所為。」這句話其實已經解釋了整個關卡的設計意義。

芮珂任由莫藍自行在思海探索，刻意稍作一頓才說：「講求關係穩定度和二人契合度的考試，說到底評議會的終極目的就是想要從有意組織家庭的國民中篩選他們想要下一代擁有的基因。剛才的環境就是在測試我們在『指令』或者『權威』面前展現的勇氣。」

從剛才開始，象徵「權威」的指令就不斷催使他們去做一些事。芮珂有教學執照，在課室管理中她學會「服從性」是甚麼一回事，侃侃而談地向莫藍這個門外漢進行解說：「讓一個人服從，是需要由淺入深，殺人只是一個命題。要是他們一來就叫我們殺人的話，我們當然不會聽從，甚至轉身就走。對於不合理的要求，我們在正常的情況底下當然不會順從。我在教學的時候就領略到，人其實生來就帶服從性，問題是你要怎樣……」她歪歪頭，嘗試想出一個比喻：「……『餵養』它。」

關卡的設計在最開始的時候，在椅子上面貼名字，隱喻申請人要跟從指示去就座。「從最微小的事著手植入需要服從的意識，這就是餵養。」管理員代表評議會，而兩人只是申請人，身份之別已經塑造了無形的階級權威。直至後來一躍而至第一個男人的個案，權威誘導他們去殺一個本來應該死的人，用倒計時、不人道的死刑來威逼利誘他們去做一件本來想也不會想的事，這個也是餵養。真正的試探是在第二個人身上。他們想要知道，指示如果是一如既往要他們動手的話，申請人會否服從。

說罷，芮珂整理一下裙擺的皺褶。在教室之中，她的角色除了授業，還有傳道解惑。有些學生天生不愛守規矩，差點在校外闖下大禍，芮珂也是這樣告訴他們：「作為社會的一部分，在應該服從的時候就要服從。」這點很簡單，但真正困難和重要的是：在不應該服從的時候，也要膽敢堅決不去服從。

「凡事同意很容易，凡事反對也不難。一份由個人思考衍生的判斷力，然後敢於徹底執行的決斷，才是評議會想要的特質。」

聽罷莫藍恍然大悟，同時也驚覺自己在芮珂面前的渺小。

「所以，你是在叫我無論如何都不能殺第二個人的時候就知道了通關的做法嗎？」莫藍想起芮珂剛才性情大變，突然把那個男人的命看得比自己的證照還重就覺得不妥。仔細一想，為了確保莫藍不要一時衝動做錯決定，她甚至強行將手鎗從他手中搶走。

芮珂擺出一個神氣的笑容，帶著傲氣反問他：「不然你以為，我真的會覺得無法通關也沒所謂？」她一瞥上空，好像想要確保管理員不在附近後，刻意在莫藍耳畔壓低聲線説，她可沒有打算要等五年才通關。剛才甚麼可能自己還未達到評議會的期待的話，全是她在洞悉關卡設計後答題的一部分。她正是完全掌握了評議會想要甚麼，就把甚麼演給他們看。

不光是因為芮珂言之有理，莫藍知道自己做每一件事就只是依心而行，想去做就這樣做；可是芮珂不同，在每一件事，她都會比其他人想遠一步。莫藍從心底佩服她，一直覺得芮珂是他所認識最厲害的人。曾經莫藍也會擔心，今天她多走一步，明天就是兩步。這樣的步伐不均，會否讓她離自己越來越遠。

不過到了這刻，莫藍已經不再擔心。

芮珂繼續在他耳畔和他交頭接耳，管理員的聲音就從廣播傳來，時機準確得好像是他一直在觀察兩人。

第二章 ✕ 聖人都說謊

請刪去不適用者

HAPPILY EVER AFTER

「／在下一關開始之前，請問你們哪位比較擅長做考卷？／」

在剛才要申請人拿鎗執行處決後，突然問起學習的事來實在不搭調得奇怪。儘管如此，莫藍還是老實作答再看情況：「芮珂是碩士生，成績一直很好；我在大學唸藝術，畢業也很勉強。」莫藍一生人拿畫筆的時間比拿筆還多。他的天賦一直在作畫之上，學術科成績完全不行，大學也是因為父親拉攏關係，贊助了大學一筆錢才跑了專才計劃的通道特別取錄。芮珂也知道這一點，頭腦聰明的她沒有因此嫌棄莫藍。在交往初期，莫藍就被芮珂能夠看懂自己的可貴之處不只用數字來衡量而吸引。

管理員聽罷就回答：「／這個關卡只要求申請人擁有一定的知識水平，除了想要確保他們有能力在關係中與對方進行有效而具建設性的溝通外，考慮到將來他們亦有較大機會生出頭腦相對靈活的下一代，但申請人自身的學歷並不是門檻之一。／」

管理員的話聽得莫藍很不舒服，他覺得管理員的言下之意是說學歷較低的他就比較笨，如果生育甚至會拉低了下一代的智商水平嗎？莫藍自覺他的能力只是不在學術之上，納悶在評議會眼中的烏托邦，難道就不需要有藝術家和設計師嗎？這樣的世界肯定醜爆。

「／你們眼前有一份考卷，」管理員續說，說罷兩人眼前的桌面就打開了一個方格窗，從下而上的升降台呈上一份答題簿，旁邊還有一枝鉛筆。

「這關你們要選定一個人負責拿起鉛筆作答。途中你們可以討論商量才決定答案，但只可以由拿筆的人負責填寫答題簿。／」

聽到規矩莫藍就自嘲起來：「這關看來沒我的事了？」他示意芮珂拿起鉛筆。她輕嘆，讓莫藍不要這麼快就洩氣：「不是說要一起商量答案嗎？」說罷她故意壓低聲線提醒莫藍，剛才那一關也不是真的要考驗申請人開鎗殺人，這次也不會是填寫試卷就完了。

芮珂言之有理，聽罷莫藍又不敢鬆懈下來。

管理員見到芮珂拿起筆，鎖定她就是這次的答題者：「／請不是負責作答的申請人，將椅子搬到她的對面對坐，並將雙手置放在桌面標示好的位置。／」

莫藍一瞥桌面，忽然就浮現出分別兩個掌形的框線，他照辦後，桌面中央的位置又再度打開窗口，不過這次遞升上來的不是答題簿和鉛筆，而是一對半圓形狀的鐵環。事情來得太突然，好奇先於應該要湧現的危機感，在莫藍意識到之前，兩個從桌面冒出的半圓環就隨即勒緊了他的手腕，將他雙手鎖緊固定在桌面之上動彈不得。

「這是搞甚麼……」莫藍對荒謬的現狀說了一個笑話：「評議會有這麼怕我會偷偷幫忙寫字嗎？」

被惹笑的芮珂一手輕輕掩嘴，一手打開答題簿。甫翻開就發現它不是一本簿子，裏面是被對折的兩層。她打開折面，又發現裏面還被折了好幾重。直至將它全部打開，才發現這本看起來很像本子的本體，其實是一張足足有整個桌面般大的答題紙。

印在上面的，竟然是外國舊時非常流行的Crossword puzzle，縱橫拼字遊戲。

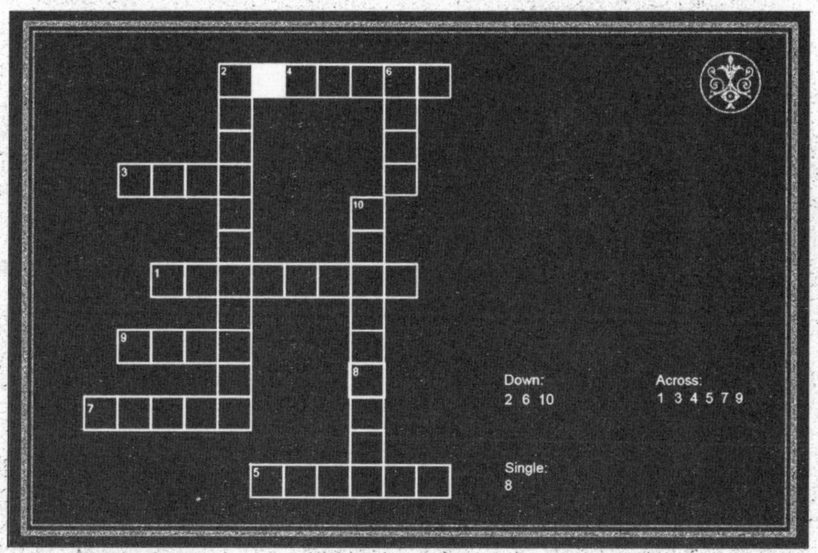

芮珂很快便發現了一點：答題欄上有十個答案，可是問題只有九題。縱橫拼字遊戲慣常用英文作答，悉數答對的話，圖表上所有答案的字串應該都可以串通。在正式答題前，她發現上方有一個填寫申請編號的欄目。她有條不紊，打算用預先削好的鉛筆先填妥。

可是……

筆尖一碰上答題紙的那刻，彼端就傳來痛苦引致的嘶叫。

芮珂被嚇得馬上停筆，連忙問莫藍到底發生甚麼事。他沿住痛覺追溯，方才刺痛的源頭就是被鐵環套住的手腕。他的猜測是那個鋼鐵部分是被動過了手腳，每當負責執筆的人一寫字、筆尖碰到紙張，另一名申請人的皮膚就會隨之感受到被粗針深深刺進手腕裏面的痛楚。

要說的話，痛也不是到難以忍受的程度，但只要想像不停被利針反覆刺在同一個位置，痛入心扉就不是流於表面的成語。她每寫一劃，莫藍的手腕就像被狠狠劃了一下；她畫一鉤，他就感到那支說粗不粗的針就在脈搏附近的皮膚勾了一圈。最要命的是那些只是他們營造出來的痛覺，莫藍不知他們確實是怎樣做到的，但當他乘著鐵環那半公分的空隙，將手腕稍稍褪出一點時並沒有發現有任何表面傷痕或破口，裏面也沒有一支實在的針在劃或刺。除了被扣上手環的莫藍，沒有其他人感受到或看得見，所有痛楚都是無形而有感的。

芮珂看見莫藍的反應如此地大，不確定要否寫完這一組數字；

可是當她瞥到他身上又沒有血流如注的傷勢，和痛苦的神情不怎成正比，似乎又覺得可以繼續。

管理員則一貫漠視申請人的難堪狼狽，甚至可能以此為樂地繼續解說：「／時限一小時。你們可以開始了。／」

在芮珂寫完兩人分別的申請編號後，光是這數個數字已經足以讓莫藍滿頭大汗。痛覺很奇妙的一點是它存在於身體深處，無法觸及也無法撫摸或用上任何一種方式去舒緩這種不適。它會流進血液竄上膝蓋、側腹、指尖、後腦袋，整個人都被那舉足輕重的觸覺左右。莫藍此刻沒有別的選項，只得默默承受直至他們填好所有答案為止。

「芮珂，」莫藍從剛才的暈眩中回過神來：「你可以幫我一個忙嗎？」

預視到接下來一個小時內會經歷多少次像剛才的激烈刺痛，莫藍請芮珂幫雙手動彈不得的自己摘下頭上的髮圈。芮珂照辦仍感詫異，只見莫藍用牙咬住髮圈，恐防待會痛楚太過，會誤咬舌頭。她見狀又好像可以更具體地了解他所承受的是甚麼，還好她也清楚知道不應該浪費任何時間，連忙開始審視題目。

芮珂搬出知識分子的氣勢，金睛火眼地迅速掃視，很快就發現整個拼字遊戲唯獨最後的一個答案欄（Q10）是沒有提供題目的。

「基於拼字遊戲的特性，即是我們只要答對其餘九題，最後就會得出 Q10 這欄九個字元的字串，作為最終答案通關。」芮珂咬著鉛筆頭，自言自語地道：「我先填我肯定的答案，不確定的我們再討論。」

她很快就擬定了策略，快得甚至似乎不在意於莫藍的意見或感受。儘管他們都知道事實是芮珂比較聰明，在這個關卡，另一方的工作就是在等待和忍耐。

「我看看……」芮珂把題目湊得老近，患有近視的她平日都會戴眼鏡，唯獨像在要會面的重要場合才會為了匹配衣著而不戴。就像今天。

「第一題是橫的，似乎是數學題。」聽到芮珂這樣說莫藍就放下心來，至少這題他們是十拿九穩了。芮珂是數學系碩士，甚麼樣的數學問題都不會難倒她。在「幸福演算紀元」的導向下，更多的國民可以追隨自己的興趣，從事夢想職業，雖然人工智能頂替基層工作並沒有解決到供求問題，所有職業都會飽和，供不應求就會自然出現篩選，所以工作面試仍然是必要的，能者居之始終是金科玉律。身邊不少人都說芮珂去當小學老師有點太屈就，不過她似乎一直沒有轉職的打算。

讓莫藍方始覺得不安的是，芮珂面對數學題竟然遲遲沒有給出答案。

「這個……」她略顯遲疑，最後還是將題目轉向方位推給莫藍：「不是一般的數學題，而是字謎。」

莫藍依她說在頁面上尋找第一題的題目，只見下列這堆不明所以的密碼。

Q1：$Geom(s)e^2t^3(heo)ry^2$

芮珂提醒大家在答案格上，這題的答案是一組八個字母的字詞。其中一個常見的應試技巧就是從答題提供的線索反向推敲問題想要得到的答案。

一看到題目，莫藍就明白芮珂為何第一時間會說這是數學題，然後又變得猶豫。驟眼看這的確很像是一道能夠被解開的方程式，有二次方，也有括號作先乘除後加減。可是這堆本來就是一堆英文字，連一個數值都沒有的方程式，就算是數學碩士也不知道要怎麼解。

「既然拼字遊戲的答案都是用英文作答，那麼這道方程式只有字母也很合理。」芮珂將過大的答題紙重新挪到自己前方，再次細閱：「二次方的意思，我可以將它理解為出現兩次；三次方就是重複三次。」按芮珂的意思，這道方程式折解起來就是 Geom(s)eettt(heo)rryy。

「完全——」她洩氣地倚在椅背，眼睛卻一直盯著題目沒有移開：「不像樣。」

雖然對數學的認知非常淺薄，但題上的那些括號讓莫藍覺得很在意。他問芮珂在方程式上使用括號還有沒有其他意思。芮珂托著頭，眉頭一直緊皺：「在數學上，括號內的內容要優先計算，除此以外也沒其他……」

她話在這刻停頓得相當突然。

「不過，如果不是數學的話……」她忽然坐直身子，搖晃鉛筆桿是她在思考時的小動作：「在語文上的話，括號是作補充內容的意思。前提是就算拿走括號的內容亦不會影響原有的內容和行文。」

如果先漠視二次方和三次方，將括號的內容又拿走的話，剩下的字就是 Geometry（幾何學）。

想到這一點，兩人都不禁倒抽一口氣。推理到這一步總算是令人鼓舞。芮珂亦好像得到了啟發，運合語文和數學上的概念，試圖用方程式的解法去處理餘下的部分。

「先將我們已經用了的字刪去……」在運算時她慣性用鉛筆剔去已經被除掉或挪掉的部分，可是她一畫在紙上，莫藍被固定的手腕又傳來撕心裂肺的痛楚。

「——不是填答案就不要亂畫！」莫藍禁不住向芮珂怒吼，專注計算也不是漠視自己感覺的藉口。

她抿住唇沒有吭聲，停下動作換成在心中運算。

「如果剛才的推斷正確，二次方是代表出現兩次、三次方是三次的話，」她故意把聲線壓低，好像不想讓莫藍參與他本來就不怎跟得上的討論：「e^2 用掉了一次就會變成 e，而 t^3 用掉了一次就會變成 t^2……」

按照這樣，刪去在「Geometry」中已經用了的字母，剩下的部分就會變成：

(s)et^2(heo)ry

「Set theory，集合論。」芮珂馬上就辨認出來。

幾何學和集合論都是數學上的一些理論概念。用數學算式來折解出數學理論，這種操作應該是評議會特意設計的。莫藍正想為他們成功拆解一道問題而高興，可是現在還太早。芮珂還未想得出集合論和幾何學兩者有甚麼共通點。

芮珂說，集合論可以套用到很多數學概念當中，而幾何學就是主要研究形狀、大小、空間。

莫藍聳聳肩，聽起來一點頭緒都沒有：「雖然我兩樣都不懂，可是我只覺得題目是將它們胡亂混合在一起。」

「不會是亂來的。數學最有趣味的一點就是甚麼都應該能夠被解釋，就算不能被確認的也至少肯定可以被思考和分析，」她咬住筆桿，眉頭皺成一團揉過的面紙：「所以題目將它們混在一起，是甚麼意思……」

芮珂思考的時候，其實就是莫藍喘息的空間，待會一填寫答案或不慎劃到紙張，莫藍又要準備鐵環帶來的痛楚。剛才急著說話而丟了口中髮圈的莫藍，把臉湊近撿起了髮圈的手，而由於雙手一直被固定桌上，髮圈在一端被咬住，一邊被掂著的拉扯間，突然被一直在觀察他的芮珂喝止別動。

「……保持在這個位置，不要動。」芮珂離開座位，動身前往莫藍旁邊湊過來細看處於他口中和手上的髮圈。他不明這到底有甚麼重要到要讓他維持著這個滑稽又彆扭的姿勢，她一把將髮圈搶到自己手上，模仿剛才拉扯兩端，將它扭成類似無限符號的橫 8 字。

看到這個無限符號，隨即她嘴上就溢出勝利者的傲然：

「莫比烏斯帶。」

她興奮地向莫藍展示扭成 8 字的髮圈，終於想起要以人類的語言向他解說：

「看起來很像無限的莫比烏斯帶，特點是它只有一個表面和一邊界，它是拓撲學之中很重要的一個結構；而拓撲學，其實就是由幾何學和集合論聯合發展出來的學科。」

說罷，她將髮圈擱下重新執筆，信心滿滿地說：「所以這道方程式的答案就是 TOPOLOGY，拓撲學。」

芮珂在寫的時候，莫藍只好咬緊牙關待她完成。在芮珂乘勢再看第二題時，臉上又浮現剛才的笑意。

Q2：由無限隻猴子撰寫的文學作品

「莫藍，你知道嗎⋯⋯」芮珂一邊喊話，一邊已經開始在紙上書寫答案：「今天我們真是走大運了。」她說這道看起來如此無厘頭的問題，也恰好是選中她擅長的。

「無限猴子定理，這是一個很著名關於概率的概念。」意思是當你有一隻猴子和一部打字機，猴子隨機地按鍵打字，當時間達到無限大時，牠幾乎必然能夠打出任何特定的文字組合，包括莎士比亞的著作。

「所以？」

「所以這個謎題的答案就是 SHAKESPEARE。」

痛覺掩過了大腦對找出答案而產生的亢奮，可幸的是莫藍仍然能從芮珂自信的笑容中尋回一丁點慰藉。莫藍暗忖，還好當時他們選了芮珂當填寫的一方，要不然坐在這個位置的人就會換成她。

可是話分兩頭，評議會頒發「穩定交往證照」是想要考核這段關係的穩定性，他們可沒想過證照的題目會這麼刁鑽，刁鑽得來，又恰好是芮珂熟悉的領域。這些深入到近乎沒具體用途的知識，既然容許申請人一同討論後答題，申請人很自然會讓具備相關專業知識的一方去回答相關的問題，另一方不太會作出干預，甚至參與，跟兩人的契合度和穩定度似乎就沒有更深入關係。莫非就只是按管理員所說的直接，評議會單純是想透過問題，確保兩人能透過有效溝通來經營關係？一直勢如破竹的芮珂還是想不明白，此時，她就發現自己還是興奮得太早。她不知不覺已經在第三題上已經卡住一段時間，很快她就放棄盯住問題，轉以向莫藍投以倚仗的目光。

莫藍稍稍愕然，歪過頭去看到底是甚麼題目芮珂不懂，而需要他的幫忙。

Q3：世界的顏色

一見到「顏色」，他們直覺就覺得這道題是跟莫藍有關。應該說，他們越來越覺得這裏整份題目表，好像只是為了來這裏的他們度身而設。

不管評議會的用意為何，如果是為申請人度身訂造這些題目，

對莫藍和芮珂是百利而無一害。至少暫時看起來是這樣。如果剛才兩題是和芮珂擅長的數理領域相關，這一題該換莫藍用美術的角度來分析。

顏色的話，最先聯想到必然是紅、綠、藍的三原色；可是這題的答案欄有四個字母，就知道不會是RGB。不過再多想，其實嚴格來說這並不算是藝術範疇，而是基於人類肉眼對於光線產生的生理作用，負責辨別色彩的細胞對這三種顏色的光最為敏感而被視為原色。所以硬要歸類的話，這倒是傾向屬於生物學的層面。但如果按照前兩題是芮珂專長的數理來推斷，這一題莫藍亦自覺應該用藝術工作的層面來分析。

時間一分一秒溜掉，莫藍對於「世界的色彩」毫無頭緒。他也想過答案會不會是BLUE，因為他想起曾聽說地球有不知百分之幾都是海洋。可是這樣的話又會變成地理常識題，似乎又感覺不對。

「說不定，這題單純就是地理題吧。」芮珂靜靜拋下這一句，莫藍覺得她話中有話。

「我的意思是，或者這份問題不是甚麼為我們而設的，只是一份比較深入和全面的全科知識考卷罷了。」她稍作補充，還是忍不住將心裏話說出口：「評議會頒發證照的其中一個遠大目標，就是鼓勵並篩選適合生養下一代的基因組織家庭，現在不少家長都讓孩子實行『在家教育』，意思即是不需要他們回學校上課，而是由父母親自教導他們。這種做法已經越來越流行了，試想像將來W城想下一代的孩子都接受這種教育，父母也要有一定的知識水平。」

「所以這些甚麼拓撲學、幾何學只是常識而已，對你來說，我豈不是連基本常識都沒有？」聽到芮珂的說法莫藍就覺得被瞧不起：哪管芮珂在家中多番叮囑過他在考核途中，最不能做的事就是跟她起爭執。芮珂似乎也沉不住氣，壓低聲線想要避過管理員的監視回嗆他：「你在展覽跟外國人溝通也有難度，他們說想要幫你大量印刷精品發售，你半句都聽不明白，最後還不是要我解圍——」

印刷。

莫藍想他知道這題的答案了。世界的顏色不是三原色，而是指印刷的四分色「CMYK」（青色、洋紅色、黃色、黑色）。

有了這四種分色，基本上就能做到全彩印刷，簡單來說就是可以印刷出所有肉眼可見的顏色。一個人作畫有限，只有將作品印刷才能做到廣泛流傳。莫藍沒有第一時間想到這一點，或者是因為在評議會或芮珂眼中的世界，藝術還是得和商品實物掛鉤，而這個並不是他的第一直覺。

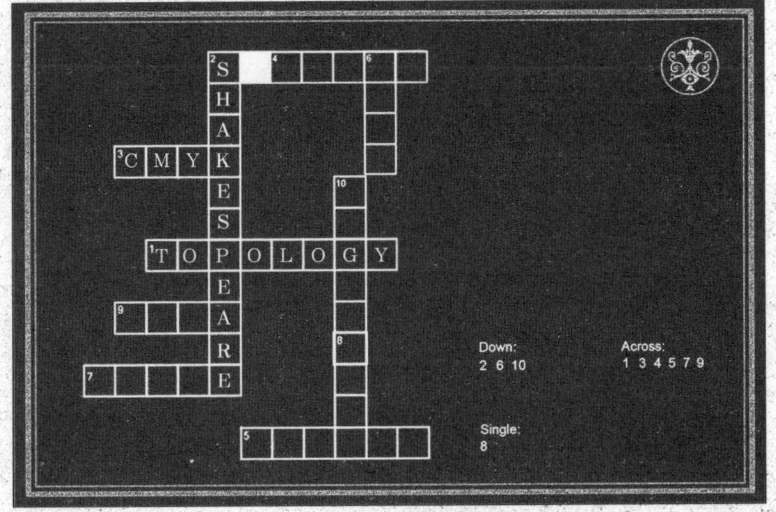

在芮珂填寫答案而莫藍默默忍受疼痛的反射期間，他們暫且都把爭執擱在一旁，解開一道問題始終是值得高興的事。

第四題的題目在一開始的時候已經吸引了莫藍的目光，因為這道題沒有文字，題目是三幅經典畫作，可是他們卻被要求「用數字作答此題」。

其實就算不是莫藍，題目引用的三幅畫作都是世紀知名的名著，任誰都能辨別出這三幅分別是米高安哲羅的《創世紀》、達文西的《蒙羅麗莎》和米勒的《拾穗者》。

莫藍第一時間從年份下手，就讀藝術系期間，最叫他頭疼的就是美術史和理論，可是比起一般外科生，他認識得還是比較深入。《蒙羅麗莎》是在文藝復興時期誕生的畫作，他捏指一算，應該這是 14 至 17 世紀年間，可是確實的產出年份至今仍是無人知曉；《創世紀》似乎也是這段期間的產物。可是《拾穗者》的畫家是法國人，他是在 18 世紀的時間才畫出這幅畫的。換言之三者的創作年份並不共通。

這題的答案欄有五格，莫藍將之理解為這三幅畫合作來的答案是一個五位數字。到底有甚麼和畫作相關的數字會是五位數？

「會不會是市值？」聽見芮珂隨口這樣說，莫藍的白眼都要翻到上外太空才重回地面。

「天哪芮珂。這些可是世紀名著，是歷史級文物，是人類文化遺產──」莫藍的嘴角抽動了一下：「你用市價來估量太侮辱就算了，而且還要是五位數？」她到底要多沒常識才會說出這種話？他抿緊的唇邊有句話險些衝出口，但他不著痕跡地深吸一口氣，將情緒壓回胸膛。

被莫藍挖苦奚落的芮珂面色當然不悅，可是也許是考慮到不想讓管理員看見兩人不和，只得硬生生地把要回罵的話都吞回去了。莫藍仍然很難相信她對這些都一竅不通。這些可是世紀名畫，每一幅都是極其藝術意義的，就算中學生學畫畫也是由他們開始學……

他知道了。

莫藍想起在中學上美術課的時候，老師向他們粗淺地解說過「黃金分割率」的重要性。它被譽為是美術的定律，由這些上世紀的名畫開始已經在沿用，前人的智慧可真是不能夠被小覷。而理所當然地，這三幅名畫雖然源於不同時期，甚至出自不同國籍的畫家之手，可是它們的同通點還是都採用了黃金分割率。

「而黃金分割率就是……」雙手被扣在桌上的莫藍在空氣中憑空想像記憶中的比例圖。那是一個矩形，邊長是 a+b……

「你在說的是 ϕ 吧。」芮珂還在這個時候插嘴，換來莫藍一個隱隱不屑的眼尾回眺。他實在很難相信連《創世紀》都不懂欣賞的她竟然還有發言的空間。

「ϕ，」芮珂又重複一次：「ϕ 是一個數學常數，代數式就是 a+b 除 a，計算出來的話……」

她沒繼續說，反而坐下重新拿起筆桿，寫下一組數字。

待腕上因書寫的痛覺褪減，莫藍嘗試歪過頭去看芮珂寫下甚

請刪去一不適用者

麼答案，一看才知道自己一開始的假定已經錯了。見到答案欄有五格，而題目又要求以數字作答的時候，他就先入為主地認為這樣的答案肯定是五位數，可是這並不是必然的。

「1.618」

擁有三個小數位的數字，也是剛好填充夠五個答案格。

莫藍回頭看芮珂，她朝他眨眨眼說：「這個費波那契數列，也是我們數學世界的黃金比例啊。」

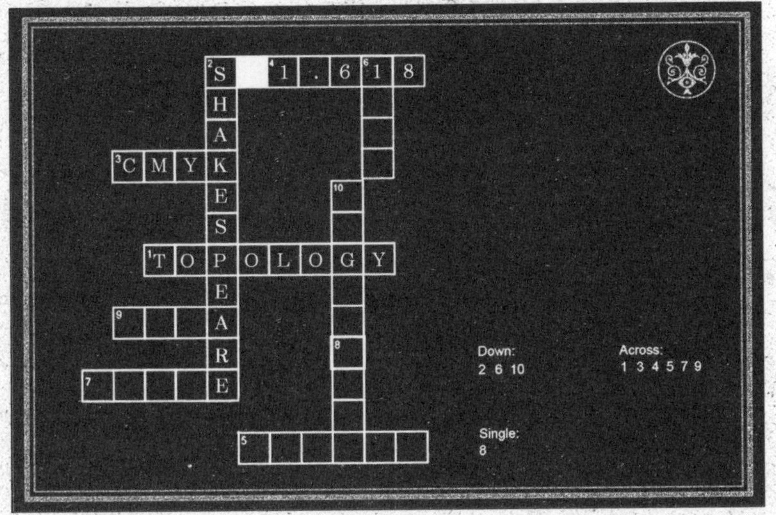

多解答了一題，兩人之間的氣氛好像又變得從容下來。芮珂到了這刻很是好奇，到底只是他們，還是其他情侶在這一關面對自己的專長而一竅不通的對方有時會幫了倒忙而不自知時，是否都會對彼此的忍耐力下降？

然而，這道題畢竟還是要結合兩人所認知的才能合作解開。缺了任何一方都不會懂得解答。多虧這一道題，重新提醒了芮珂她是因為他們兩個人而來，也只有倚靠對方才可以獲得證照。像再顛簸的公路也總會設有補給站讓疲憊不堪的司機加油買糖果，嘗過了甜頭，即使覺得苦悶難當還是覺得可以再堅持多一會。

這些美好的瞬間就是加油站。她想世間所有漫長的關係亦如是變得恆久。

感覺已經過了很久，可是他們的題目只是答了一半。莫藍一想起手腕傳來的陣痛就意識到前面是漫漫長路。

他們把目光移至下一題。

Q5：在亞特蘭大走得最遠的

在莫藍和芮珂都各自回答了關乎自己專業的問題後，這一題卻顯得好像是漫無目的地闖進問題紙。

「這是……謎語嗎？」芮珂對著題目苦思，擺出一副束手無策的樣子。

這回輪到莫藍向她展露勝利的笑容和姿態。事實上，在他看到題目的一刻已經輕而易舉地推測出答案：「在亞特蘭大走得最遠的，就是風啊。」

莫藍從小就跟隨父母周遊列國，自此養成了留在家中就會渾身不自在的癮頭。中學畢業後，選擇休息一年的他跟朋友到美國旅行，玩了整整一年，由東岸玩到西岸。每個省份都會使用不同的交通卡，這一點可是挺不便，可是偏偏卻在多年後的今日幫他回答了這道問題。在亞特蘭大城內使用的交通卡可以讓他在幾乎所有交通工具上通行，那張交通卡就是叫微風（BREEZE）。

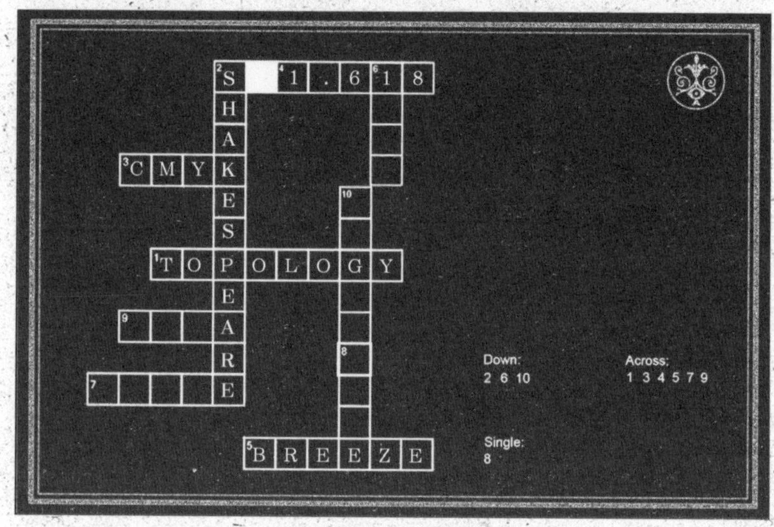

乘著這股氣勢，莫藍又勢如破竹地解答了第六題：「**撞船失事的水手是在哪一年喝醉的**」。來到這題，他就開始可以肯定評議會是按照申請人來度身訂造題目。

1907 年出產的一批香檳「沉默之船」可是非常有名的，莫藍在某個富甲一方的收藏家宴請藝術家的交流場合有幸呷過一口。這款酒之所以得名，是因為這批在 1907 年就釀好的香檳本來是要運到俄羅斯供皇室享用的，怎料途中被魚雷擊中而沉沒，直至差不多一個世紀後才被打撈上來。聽說這款酒要不是拍賣也不可能喝得到，但它的昂貴不是在於酒釀本身，而是這批酒蘊藏的意義和故事。

莫藍本來想要跟芮珂解釋，可是一見到她那張一聽到價格就震驚又自卑的臉就打消了念頭。這些事，即使莫藍想要跟她分享，她也不會懂得欣賞。她關心的只會是為甚麼莫藍終日只是在吃喝玩樂，並不了解應酬打交道是他的工作之一，甚至不能理解他說享樂人生也是工作中探求靈感的一部分。

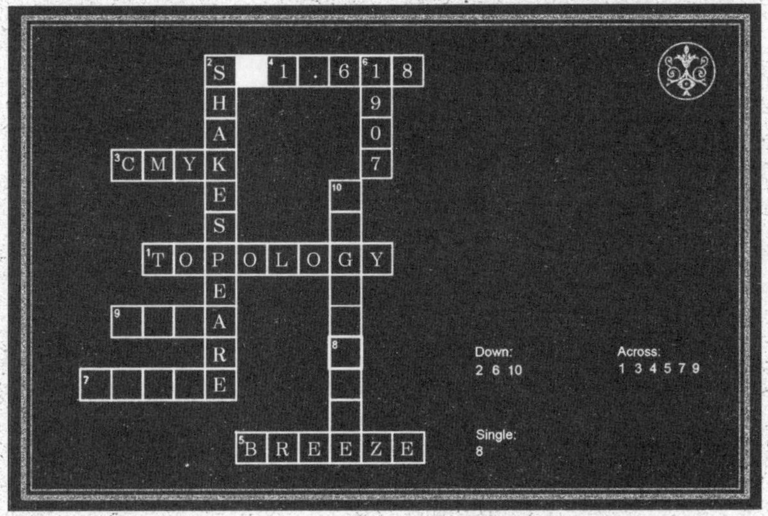

「還不算很難吧。」莫藍聳聳肩，盡量讓自己不要看起來那麼一朝得志：「想不到，原來這些問題是為我們兩人而設。」

轉眼間來到第七題，題目是：**波羅的海音樂家**。

芮珂被莫藍一挫鋭氣，言談間都變得處於下風，碰到不懂的題目也不敢隨便發表意見。她知道自己會有讓莫藍感到自卑的時候，可是反之亦然。芮珂從來不是想要勝過他或敗給他，畢竟過關還是需要兩人合作，卻逐漸演變成他們之間的比賽。或者評議會是故意在問題前段安排兩人各有的專長，讓他們都沾上了些許甚至已經太多的自信，而故意讓氣氛發酵至此。她覺得，這個才是評議會在測試關係穩定度的把戲。事實就是無論在遊戲還是生活上，人很容易會計較哪人付出比較多，而忘記對方已經是將自己一生都付託在他們身上的人。

她提醒自己千萬不要墮入評議會設計的圈套。管理員口裏説這一關要考驗申請人的知識水平，他們早就應該知道像上一關，這些只是騙人的幌子。表面是在測試申請人對重大事情的關鍵價值觀是否擁有共識，實則試驗本身也隱含了要測試申請人的行為傾向。

芮珂盡量讓自己先專注在題目上面。要不然限時過後還沒完成，他們就鐵定出局與證照無緣。

「波羅的海，就是愛沙尼亞、拉脫維亞和立陶宛三國吧。」莫藍剛說出口就擔心自己的語氣會不會太理所當然。要是芮珂不知道，恐防又會傷了她自尊心。他很早就知道芮珂出身清貧，聽她說自己從未出過國，交往不到一個月他就邀請她去馬爾代夫渡假慶祝生日。回想那時藍天無雲，無憂無慮的他們也沒想過要不要長期交往、要不要領證照等等問題，也是有過純粹的快樂。

「你去過這些地方嗎？」芮珂問問題時垂下眼，讓莫藍難以窺視她到底在定神看題目，還是在隱藏因自卑而起的閃縮眼神。莫藍若有所思地點頭。雖然已經是很久以前的事，可是莫藍頗肯定記得這三個地方也沒有特別有名或共通的音樂節日或地標。因為如果要是有甚麼和音樂相關的話，當時去旅遊的他肯定會有去過出席……除了一個。

莫藍知道答案了。

評議會是故意的。他就知道，他們當然會在這裏提起她。

芮珂還在無限疑惑當中舉筆不定，莫藍不希望向芮珂直接解說，但因為這個關卡規定只能夠由一個申請人負責下筆，他不得不請她在答案欄上填上一個名字：「Elise」

如墮霧中的她填寫到一半，才驟然抬起頭，瞪大眼睛，以非常困惑又小心的語氣探問道莫藍：「是……『那個』艾麗絲？」

莫藍雖然也有想過這個名字會出現在今天的考核，可是到了真正發生的時候，還是會驚歎於評議會處理這些資訊的方式。波羅的海是他跟艾麗絲去的，事實上，那趟旅行就是他們定情的地方。艾麗絲是莫藍在藝術大學的同學，課堂中導師不時都會帶他們到美術館。某次外出參觀，一間美術館在入口處展出了半幅牆壁般大的世界地圖，用作標示不同國家的藝術品的展區所在。所有同學紛紛前往自己感興趣的展區，只有艾麗絲佇立原地，看著地圖一動不動。眼見所有同學已經離去，只有莫藍前去關心寡言的同學。

「莫藍，」艾麗絲正眼沒看他，只是定眼望著北歐大陸和中歐中間的一片海：「你知道這是甚麼嗎？」

艾麗絲對著地圖發噱，她顯然覺得「波羅的海」四字非常有趣。而在旁的莫藍只是覺得，這個女生遠比世上的所有地理問題更有趣。

「不知道欸。」莫藍不自覺把目光放在艾麗絲的側臉上。她的金色長髮總是微微鬈曲，這天隨意盤成一個鬆垮垮的髮髻，幾縷調皮的髮絲垂在耳邊，像是草圖中未完成的炭筆線條。他和艾麗絲之前不算特別親近，莫藍在班上有自己的小社交圈，但艾麗絲不依附任何人。莫藍見她總是一個人在畫室，而且自得其樂。在這個距離看，他才發現艾麗絲鼻尖上沾了一點乾涸的藍色顏料，顯然她在早上的時候也到過畫室。

「艾麗絲，你的鼻……」

「噓，莫藍。」艾麗絲叫住了莫藍，此刻終於肯把目光從地圖移開，放在眼前的人身上：「我問啊，我們去看一下好嗎？」

莫藍當下想法直接，點頭後馬上查看美術館內波羅的海的相關展區要往哪走，怎料艾麗絲會在靜得一根針跌下的聲音都會被聽見的美術館開懷大笑，惹來不少公眾人士側目。連帶覺得窘迫的莫藍頻頻向睨視他們的人欠身、用口型說抱歉，艾麗絲見狀便覺得更為惹笑。

「我是說，」莫藍眼中的艾麗絲嘴角微挑，露出她的小虎牙：「我們去看真的波羅的海。」

這是莫藍第一次發現她擁有一雙出奇清澈的眼睛，像一盆剛好洗滌乾淨、還沾有濕潤水珠的玻璃顏料盤，用最大的熱忱去看待身邊最微小的發現。

艾麗絲和莫藍一樣，從小出國旅遊都去膩了，她曾告訴莫藍，這個地球悶極了，唯獨這個名字再次挑起了她遠行的興趣。於是就在那個隨興的早上的三天後，她拉著莫藍一起蹺課坐上飛機，在回程倚著他的肩膀熟睡到著陸。艾麗絲熱愛音樂，走路時總會輕輕哼著歌，而當莫藍問她那是甚麼調子的時候，她會說是自己寫的。她懂得享受在未知的國度探求一切可能的樂趣，莫藍一度想過如果地球上有另一個性別的自己，那只會是艾麗絲。她既有品味又有情調，作畫時會放著風格迥異的音樂，尚未畢業已經舉辦了第一個個人畫展。開幕禮，作為主人翁的她卻遲遲未現身，有趣的是似乎大家都太清楚艾麗絲，並且在心底預料了她的舉動總是異於常人的可能性。艾麗絲邀請了無名的地下樂團在幽暗的地下室現場演奏營造體驗，反應非常兩極，尤其是傳統派的評論家或前輩更不能接受主人翁不在場，在開幕禮結束時，樂團收拾物品，艾麗絲才在爵士鼓後脫下悶熱的搖滾面罩，一頭金髮被汗水醃得一塊一團的。沒有人預料到艾麗絲會在那種地方，但當大家在台上看見她時，又覺得這一切都十分艾麗絲。莫藍衝上去跟她說，我以為你連自己的畫展也不來看；她撥撥額前凌亂的髮絲，告訴莫藍，在台上看得比較清楚。

艾麗絲有著莫藍望塵未及的成就。兩人一直交往到畢業，直至她離開他。莫藍到現在仍然念念不忘那個古典得格格不入、在這個時代老套得不會有人取的名字。

芮珂的眼垂得比剛才更低，越來越搞不清楚哪個才是評議會想要達到的目的。她知道莫藍和艾麗絲有過一段長達五年的感情，可是這已經是過去的事，而芮珂亦知道莫藍不可能回去那段關係之中，更何況現在的他已經有了一個想要穩定交往下去的對象。

那就是自己。

可是芮珂一想到，自己和莫藍只是交往了一年，比起艾麗絲，莫藍對她的感情就算苟延殘喘，會不會比自己更深？可是這些都是後話。目前還有三道題目，無論是對質或安慰都不夠時間。光是第八題，又是跟前面截然不同的走向。

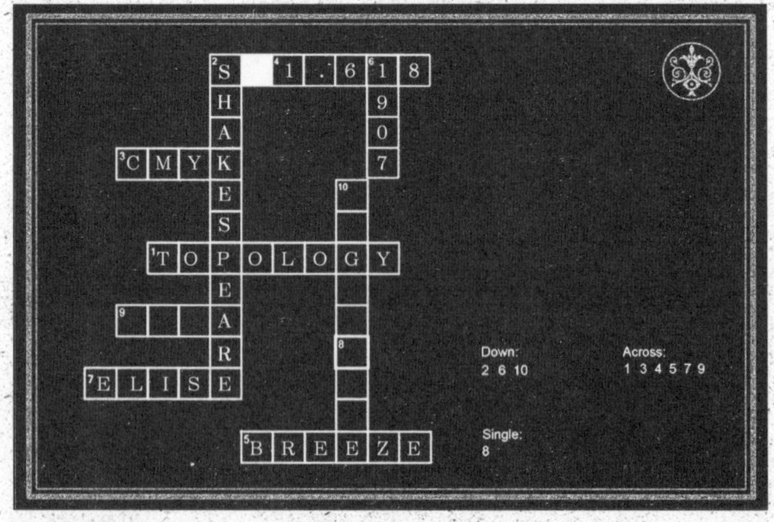

Q8：你們希望子女成為的職業

如果前面七題都是圍繞申請人個人的考題，那麼這一題終於切入到評議會先前提及過頒發「穩定交往證照」的最終目的，就是關乎申請人作為父母的考核。

「你有想過嗎？」莫藍開腔問芮珂。要不是評議會這樣問到，其實莫藍從來不會想這些問題。在 W 城生育不是一件理所當然的事，特別是對莫藍來說，眼前他有更大的問題要解決。

「沒有，但是，我剛好想起有件事一直忘記問你。」芮珂不帶任何感情地回答，抬眼望向莫藍：「你和艾麗絲，有來過評議會嗎？」

「那道題很明顯就是評議會用來設計我們的把戲──」莫藍以盡量冷靜的語氣跟芮珂說。他怕自己一激動起來，就會連不應該說出口的事都衝口而出。

「你們不是交往了五年嗎？」剛才那道問題重新提起了這個莫

藍只有交往初期提過的名字，讓芮珂驚覺自己忽略了一個重點：「同意參加書的第六條，『生活品質評議會每五年將重新檢視及更新考核內容。如未能通過考核，申請人最快可於五年後再次提交申請。』」

她屈指一算，莫藍是在十八歲和艾麗絲交往的，五年後他們分手，莫藍二十三歲。芮珂在那之後的一年認識莫藍，他們現在交往又剛好一年。如果莫藍和艾麗絲在交往期間曾經到過評議會申請「穩定交往證照」而失敗過一遍，兩人想要繼續在一起，但當然，評議會的考核準確率甚高，他們最終還是分手收場。只要莫藍是在二十歲前來過申請證照而失敗，今年二十五歲的他剛好符合再次申請的資格。

莫藍不知怎樣才能讓芮珂相信自己從未和艾麗絲前來申請證照，更加說不出口的是，因為他和艾麗絲在交往期間從來沒有一刻懷疑過對方不是自己永遠的伴侶。

「艾麗絲和你不一樣，她不在乎。」艾麗絲超然得不在意甚麼契合度，甚至不在乎「幸福演算紀元」，她不需要政府去定義她的幸福，也不需要任何人去告訴她莫藍是不是真命天子。就算沒有莫藍、就算沒有任何人，艾麗絲總是可以找到自己幸福的方法。

可是這句簡短的話顯然讓芮珂非常介懷。她沒有明言，但莫藍看得出芮珂的表情，她並沒有放下這件事。

他知道芮珂在嫉妒的原因不是他本人，也不是氣他跟其他女生有過比她更久的感情，這些事情她早就知道——芮珂在嫉妒的是世上所有像艾麗絲的女生。但凡遇上比她過得好的、尤其是年紀相乎的女性她就會嫉妒，埋怨自己為甚麼不是生於那些家庭，享有她們那些唾手可得的資源。而莫藍從來沒有把這一點當著芮珂說出口，因為人是無法選擇、也無法扭轉自己的出生。

回歸理性，芮珂知道在這個時候質問莫藍是沒有用的。就算他真的和艾麗絲參加過考核，他們還是分手收場，而現在和莫藍一起參加考核、有機會去證明這段關係的人是她。她讓自己的精神回到眼前這道題，很奇怪的一點是它只有一格答案欄。她不覺得有任何一個字母能夠獨立成為一個有意思的字詞。結果他們費煞思量也沒有想出這題的答案，它意外地成為了最棘手的一題。

芮珂決定他們暫時跳過，待完成所有題目後再回頭思索。只是她卻一直盯住這道題目，心神恍惚的她還是沒能移至下一題。

「如果說想孩子成為甚麼人的話，我其實只希望他或她不要成為像我的人。」良久芮珂將困在腦海的想法釋出，她不希望自己的孩子一直需要這樣努力。當然，如果是他們自己希望努力上進的話她絕對也會自豪，但她不想下一代會是因為上一代的無能，才被迫努力向上來謀求生存。「除此以外，甚麼都好。」芮珂衷心這樣希望。

而莫藍亦知道這正是芮珂如此擁護「幸福演算紀元」的原因。如果早在她出生之前已經有「穩定交往證照」的系統，讓她的父母知道自己並不適合對方，更不適合生育下一代，她就不會出生。

「所以，你才會來這裏吧。」莫藍知道這個證照對芮珂的意義，假如獲得了評議會的認可，就表示她長成了一個比她父母要好的人。可是他仔細一想，剛才那句話似乎說得不妥，怕再挑動芮珂的神經又再改口說一遍：「我的意思是我們，這是我們來這裏的原因。」

還好芮珂似乎沒有注意到莫藍一時口滑，心情似乎因為他的話的前半句而紓解了不少。在她想通了這點的一刻，好像也想通了題目的一點小竅門。

「如果這份考卷都是圍繞我們而設的，」芮珂狐疑，並不是非常肯定：「我們只要真誠地回答應該就好？」她從來都非常清楚自己對未來的想望，但莫藍本人一直沒有特別表示希望生育下一代，這個分歧芮珂亦是希望在二人獲得證照後，評議會的肯定會讓莫藍改變想法。可是現在在解答問題的層面而言，即是他們兩人本來都沒預想過孩子將來要成為甚麼人。

所以這題的答案應該是不存在的。這樣就能解釋為何這一題的答案欄會只限於一格。因為正確答案就是空白，正如上一代也不應該為下一代填上任何預設的希冀。

在「幸福演算紀元」降臨之前的世代的孩子，大多都是這樣長大成人的。

在芮珂為完成了一道題而恢復笑容的一瞬間，臉色又像暴風雨襲來的天空一樣變了樣。

她在第九題的題目上，見到了自己的名字。

Q9：芮珂第一次旅行的地點

「這不是很簡單嗎？」莫藍第一下的確是這樣想。芮珂在認識他以前從未出過國，在兩人交往的第一個生日，莫藍就決定送她一趟旅行。訂機票的時候他還故意選購窗邊位，起飛後那雙第一次近距離觀見天空的明眸充滿了好奇和真摯。在那時莫藍除了想起同樣對世界感到好奇的另一雙眼睛，同時切實感覺到自己能夠為芮珂帶來快樂。可是只要他再多想一層，就漸漸覺得這道問題應該不會這麼簡單。前面那些不是獨到艱澀的專科問題，就是一些不甚直接的小謎題。如果真是如字面般解釋實在簡單得不尋常。而且這道題的答案欄只有四個方格，Maldives（馬爾代夫）可是有八個字母的。所以答案不可能是這個。

在莫藍想問芮珂有甚麼想法的時候，他才發覺她像遭遇了極度恐慌的受害者一樣。臉頰變得蒼白，雙唇不停微微抖顫，雙手需要撐在桌上才能勉強站得起來。她整個人像被夢魘纏繞不放一樣無助而恐懼，任他怎樣叫喊她都無法恢復過來。

這下子，反倒是莫藍感覺不妙。

「芮珂，」他想了很久要如何開口才讓自己顯得友善，而不要帶有質問的語氣：「你知道答案？」

莫藍還記得自己在得到前面一道題的答案就是艾麗絲時的突然，猜到芮珂此刻的瑟瑟發抖也是出於類似的原因。誰都看得出她是知道了答案，而不知如何啟齒。

良久，當芮珂發現如果自己不作出舉動，這場考核是永遠不會完結的時候，稍為恢復過來的她走到莫藍的身邊突然蹲下來，以跟他視線相對的水平開口說話。

「我可以寫出來，」芮珂吞嚥一下口水，讓自己的心跳稍微穩定下來：「但你不可以追問。」

「為甚麼不可以？」莫藍詫異的是她竟然可以理直氣壯地提出這種要求，沒有退讓的意思：「我想我有權知道答案，而且如果你拒絕解釋，你覺得評議會會怎樣評價我們這段關係？」就像上一關的處決考驗，如果沒能達到評議會心目中的要求，莫藍不覺得填好了考卷就足以讓通關。通過考核對於他們來説，都有無可取代的必要。

芮珂盯住牆角的廣播器，又再看了一眼題目、桌腳和鉛筆尖。莫藍發覺這些目光的游離只是因為她即將準備説出的話讓她不敢直視自己。她需要有個地方安放畏縮的眼神。

「答案是多哈。」

莫藍完全想不通芮珂為甚麼會去那個地方，難道是工作需要？此刻完全摸不著頭腦的他已經懶得追究芮珂騙他的事，那次旅行所有期待的目光、覺得一切都很新奇的熱衷都是裝出來的，此刻比較好奇的事對於經濟能力有限的她，為甚麼會去一個又沒

東西好吃、又沒地方好玩，只是聞名於轉機的城市，為甚麼會有她的足跡？

「當時我去就是為了轉機……」她咬咬牙，目光始終沒有落在莫藍身上：「本來不是這樣打算的。」說罷她自己也歎了一口氣，慢慢發現將事件拆件說出並不會使一件荒謬的事變得沒那麼荒謬。後面還有一道考題，而她很清楚無論是莫藍還是評議會都不會讓她輕輕帶過。她這樣做只會把證照推開。

芮珂將故事道出，事實就是她在十八歲，亦即是莫藍和艾麗絲遠在他方的時候，芮珂為了掙錢接下大學的兼職工作，為一名教授的研究當助手。她愛慕教授的才華，教授也愛慕她年紀輕輕展現出來的智慧和野心，所以在他得到邀請要去荷蘭參加研討會的時候也答應帶她一同前往。對於當時真正未出過國的芮珂當然很興奮，以真實的好奇去感受教授帶給她的一切。航班需在多哈轉機，目的地是荷蘭。可是就在他們落地機場的一刻，教授接到驚喜的訊息，在機場遇到一個芮珂早已經知道她存在的人。

最後，教授和妻兒一同搭機前往荷蘭，而所謂的助手早已經被打發回程。

莫藍沒有問及故事的後來，第一是他並不關心芮珂在遇上他之前的事。更重要的是，他沒覺得自己有怪責她的資格。讓他介懷的，只是原來自己並沒有那麼清楚她。

「莫藍，你有聽說過『黎曼猜想』嗎？」芮珂突然拋出這個問題，時機突兀得他幾乎以為她是想要岔開話題。

他聳聳肩表示沒有，聽名字也大致知道是她在研究的某些範疇。

她說，即使是像數學這般直接實在的科目，現今仍然有許多未被解決到的問題，叫作 Unsolved Problems，「黎曼猜想」就是當中最著名的。美國的克雷數學研究所甚至對其中七道 unsolved problems 拋出懸賞，沒有時限，只要世上任何一位數學家解答得到就可領取一百萬美元獎金。然而這麼多年來，也只有一題被解答了。

請刪去一不適用者

莫藍似懂非懂，不明白她到底想說甚麼。

芮珂眨眨眼，以一種似是而非的眼神望向他：「我想說的是，我有時會希望這些問題永遠不會被解答。」不單止是懸賞，世上的數學愛好者對解開這些難題的情意結都是旁人難以理解的。大家一直在它的附近繞圈子，每次作出不同的嘗試和測驗就好像離它又近了一點。可是卻像一幅帶有錯視感的圖畫一樣，你以為自己走近了一點，事實卻並沒有。然而大家卻在這個過程中樂此不疲，很多人就此消耗掉無結果但無比滿足的一生，這樣不是很好嗎。

她說有些事情，永遠存在於未解的層面會比較恆久。

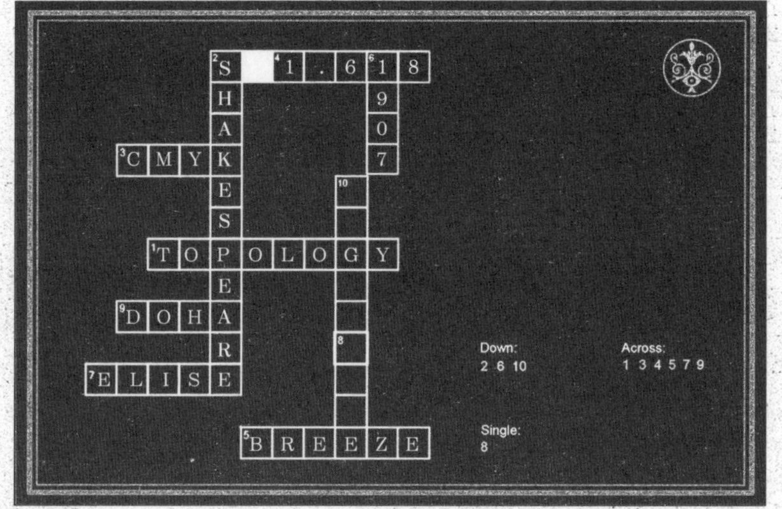

然而就在芮珂填寫完這題的答案後，固定在桌面的鐵環隨即就鬆開了。莫藍連忙將手縮回，發現剛才不斷被刺痛的手腕上面多了一堆……斑駁的痕跡。

可是只要湊近去看，就會發現那些痕跡其實是提示，在莫藍手腕上面共印有了六個很小很小的字母：S、A、E、S、L、I。

一想起剛才承受的痛覺原來還是有作用，莫藍心情變得恍然大悟同時又複雜起來。

直覺把兩人帶到餘下的第十題。因為在問卷之中，唯獨第十題的題目一直懸空。

在原本的版圖上，只有（）（）G（）（）（）（）E。

他們照現狀估計，評議會應該是要申請人利用在拼字遊戲上現有的答案，加上手腕上的字母拼出最後一題的答案。

芮珂馬上將答案抄下來，試圖盡快將他們的話題轉移到下一

題，跳過停留在她坦白那段故事的時間。她知道時刻可以被推移，存在過的事實卻無法被抹去。

假設前面的答案都是對的，再將莫藍手上的提示字母順序填上，最後一道題的答案就會變成：

SAGES LIE（聖人都說謊）。

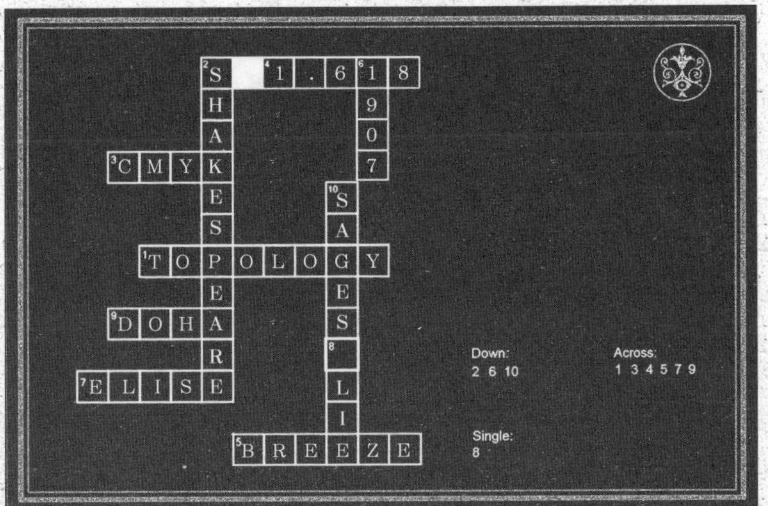

在莫藍看著芮珂的時候，恰好她的目光也跟他對上。評議會在這個時候讓他們看見這一句，是巧合還是巧思？

而在這句被填上之後，兩人眼前的白牆就被投影上一扇門，門上面又再浮現一組詞句：

芮珂沒再看莫藍，逕自就穿過那堆字的投影走了過去。她不難想像在評議會眼中，在「幸福演算紀元」下出生的一代要具備生產力，首要條件就是不能太愚蠢。可是經過這關便知道，評議會所要求的「智慧」所蘊含的不僅止於學識上的淵博。

在適當的時機坦誠是智慧，在適當的時機隱瞞亦是智慧。

對於一段穩定的關係更甚。

芮珂暗自害怕這件秘密會在莫藍心中種下一根刺，而只有莫藍自己知道，就在今天，他也不像她一樣誠實相向。

所以他認為芮珂說得不能再對，有些事情沒有得到答案會比較好。

經過這一關，他們得悉的一點是顯然評議會對申請人的一切秘密都瞭如指掌。這些題目只是餌料，來迫使申請人說出一些真實而醜陋的話。然而眾多秘密之中，他們也是有篩選過的。

莫藍心想，也許評議會沒拆穿他也是考核的一部分。他有瞞著芮珂、決心帶進墳墓的秘密。但像在面試的一點小技巧，決心要說足一輩子的謊言就是評議會默許的機智。

第三章 ✕ 生命不妥協

請刪去不適用者

HAPPILY EVER AFTER

根據之前的流程，每次在完成一關後就會穿過一扇被投影出來的門，進入下一個關卡的場所。

每次進入新場地的設置都是一片空空如也，令兩人不禁戒備評議會又為他們準備了甚麼把戲。經過剛才芮珂被迫坦承後，她認為他們之間的氣氛變得疏離又古怪，而對莫藍來說，他在煩心的卻是另一回事。他們就在沒有任何傢俱的房間晃盪，時間被窘迫的氛圍拖得異常漫長。芮珂沒有主動跟莫藍說話，只在空盪盪的房間來回踱步，心底從未試過如此渴望管理員快點下達指示，好讓他們能將注意力移至下一關，深信只要一同協力通關，他們就能抹去芥蒂。

直至再次從廣播中聽到管理員的聲音，氣氛才得以解救。

「／晚上好，恭喜兩位通過第二關卡。接下來的第三關卡會在明日舉行，評議會已經為兩位準備好住宿的地方，好等兩位休息，準備之後的日程。在你們的正前方將會有一部升降機，按『F』樓層就可抵達住處。／」

時間已經過了這麼久嗎？這是第一個敲入芮珂腦海的想法。

因為保密條例，申請人在踏入評議會大樓時就被要求繳出個人物品放在接待處保管，當然也包括手機。在這裏的每一個房間都沒設置時鐘，好像是刻意抹去時間概念一樣，但無論如何，能夠先休息對精神狀態已經幾近衰弱的兩人來說也是不可多得的好消息。廣播完結後，牆上這次投影的果然變成了一扇升降機門。靠得比較近的芮珂率先入內，莫藍也暫時放下心事緊隨其後。升降機入面只有簡單的按鍵板，除了開門關門，就是剛才管理員所提及的「F」樓層。莫藍按下按鈕，門隨後關上。

連貫評議會大樓內外的風格，升降機的設計延續了等待區舒適又先進的未來感。圓形的門框採用液態金屬材質，隨著電流流暢地閃爍，進入時像是穿越一道時光隧道。四周圓弧形的牆面帶有微重力懸浮效果，讓乘客在上升或下降時幾乎感覺不到加速度，彷彿進去一分鐘不到，他們又在原地踏出去。只是門一打開，他們就知道自己來到一個不一樣的地方。

眼前展開的是一條長得似乎沒有盡頭的走廊，兩側盡是一式一樣的酒店房間。與傳統的酒店設計不同，這裏沒有明顯的燈具或地毯的痕跡，地板與等待區同樣會根據人的腳步生成流動的光跡。至於房間門框不像傳統的門般突起，取而代之的是在光滑如鏡的白色亮身牆面上用細緻的線條勾勒出門的輪廓。正當莫藍疑惑剛才管理員沒有分派房號，走在前頭的芮珂就發現那些「房間」都不是真的。

「這些門都是投影影像。」她嘗試伸手去觸碰那些房門，摸上去只是牆壁。只是一見到投影影像，自然就勾起今天稍早他們在第一關所遭遇的事。莫藍見狀試著去檢查走廊的另一端，亦是同樣。慶幸的是這個小難題倒讓芮珂覺得兩人之間僵持的氣氛稍為緩和，他們繼續分工搜索，很快就找到了一扇可以真正開啟的房門。當他們發現門把是可以觸碰的時候，兩人一同小小地歡呼起來，讓芮珂覺得她和莫藍又再次在同一個隊伍中。

可他們一進入這個真實的房間就嚇了一跳，因為裏面的間隔、傢俬、格局、擺設，全都跟莫藍的家一模一樣。芮珂現在不時都會到莫藍的家過夜，所以芮珂對於這個家一點都不陌生。如果順利獲得「穩定交往證照」，芮珂就打算和莫藍討論正式搬進來的事，在房屋契約上真正地把兩人拴在一起。

折騰了一整天的莫藍二話不說就攤在梳化上，就連觸感都是他所熟悉的，讓他很快就鬆懈下來。芮珂反而顯得相當戒備，在單位內到處察看檢查。除了一開門所見的客飯廳，評議會就連睡房、客房、浴室等都一式一樣地臨摹過來，仔細得讓人驚訝。

「評議會是想我們好好休息，所以才刻意將宿舍設置成申請人的家方便適應吧。」莫藍賴在軟趴趴的梳化上，習慣性想要伸手去客廳的窗簾位置打算拉開，他才發現這個單位是沒有窗戶的。評議會只是在他原有窗戶的位置掛上同款簾布，無論從視覺還是身體習慣上都把他騙倒了。而芮珂見狀還是沒有鬆懈下來，伸手去把燈掣關掉再打開，不知道是在測試甚麼性能。對於在莫藍面前毫不留情地拆穿了她秘密的評議會，她始終有所保留。

也許是莫藍回到「家」的感覺太好，驚險的關卡又把他弄得身心俱疲，他在浴室沖洗過後便直接回房間準備睡覺。只是芮珂仍然在客廳來來回回，對周遭的一切若有所思。

「你不休息嗎？」莫藍探頭出去跟她搭話，事實是他沒有真的很介懷她所隱瞞的事，還以為芮珂在因而內疚的莫藍內心也感到抱歉。在關係中誰都有秘密，他能理解芮珂也有想保護自己的過去，或者現在。

疲憊使莫藍無法再思考太多，在芮珂回應他之前，很快他就在熟悉的床鋪入睡。好像才剛閉上眼，耳邊就傳來震耳欲聾的警鐘聲，在他意識過來之際才發現吵雜中混合了慌亂急促的拍門聲。他連忙離開臥室，站在單位大門位置的芮珂不知是醒過來還是未睡著，不斷在拍打大門的她顯得相當恐慌。

「火……這裏——失火了！」

她指住單位的大門，門縫底正逐漸逐點的滲入灰灰白白的濃煙。

一秒之前，莫藍還在半夢半醒的邊緣徘徊，直至被開始混濁的空氣嗆得咳嗽幾聲，整個人馬上被迫清醒過來。他企圖打開客廳的大門窺探外面的走廊，豈料還未看得清，外面的濃煙就馬上竄進來，嚇得他們連忙把門緊緊關上。此時，逐漸恢復理智的芮珂已經從廚房取來了濕毛巾，塞住大門的門縫以阻隔濃煙。可這些都是臨時之計，他們還是需要盡快逃離現場。

「火場——學校火警演習講過，因為煙和火會向上升，所以我們應該向下走……」她在口中唸唸有詞，危急之中快速在腦海掠過並消化一切有用的相關資訊。二話不說，她便為兩人各準備了濕毛巾掩蓋口鼻，可是在甫打開門的一刻，她的動作戛然而止。

「莫藍，」本來快手快腳的她停下得太不尋常：「你記得剛才我們坐升降機來，是向上，還是向下？」

被她這樣一問，莫藍才意識到她在猶豫的是甚麼。逃離火場，目標應該是要逃到地面。他們在一早進入評議會大樓的時候，在休息前並沒有走過任何樓梯或升降機，所以一直到做拼字考卷的那個房間，應該一直都在地面。問題是，管理員剛才只指示他們在升降機按下「F」樓層，可是他們並不知道升降機是向上走了，還是向下走了。

換言之，他們此刻有可能是在三四樓之類的樓層，又或者，是在一場大火的地底之下。

「我們……應該無論如何都向下走嗎？」莫藍記著火和煙都只會上升的不變定律，直覺覺得他們應該無論如何都要躲開。芮珂立刻就駁斥：「但如果我們是在地底的話，不是距離地面越來越遠嗎？而且不曉得火源是在離我們多遠的地方，如果盲目往下走，連搜救人員都找不著我們。」

莫藍轉念一想，既然他們不能肯定向上或向下才是對的，或者留在原地才是最好的選項：「管理員知道我們今晚在這裏留宿。評議會會告訴救援人員，我們應該留下來等待搜救——」

「管理員才不會理我們死活，你說，這一切像是意外？」芮珂說得斬釘截鐵，彷彿她能夠肯定一定宣判事實：「你難道還不覺得這場火都是評議會搞出來的嗎？」

「……這不可能。」莫藍始終覺得芮珂誇大其詞：「評議會怎說也是官方機構，『幸福演算紀元』是以人為本的，他們不會想要殺死你──」

芮珂聽罷冷笑一聲，以傾斜的眼角看著對面的人。

「評議會，是推崇優生學的。」她說，優生學就是適者生存，所以他們才會在種種政策鼓勵優良基因的傳承，「穩定交往證照」就是其一。

「你這還不明白嗎？」芮珂的語氣轉為憤慨，有點氣以為已經如此了解證照背後理念的自己怎會沒想到這一點：「如果申請人無法逃出災場，在評議會眼中，這種不能克服險境的基因被淘汰也是理所當然。」

管理員安排兩人來休息的時候刻意沒讓他們知道自己身處的樓層是在上還是在下，只用了簡短的代號「F」來號稱這一層。莫藍在進來的時候亦發現了單位沒有窗戶，這一切都是在刻意模糊他們的方向感，切斷他們在火場的逃生之門。

看著濃煙越來越厚重，莫藍一度也搞不清楚評議會為何會在他們兩人的考核中加入這樣的關卡。到底他要怎樣做才是對的？在他得到答案之前，腦海突然浮現一個使人發毛的想法。

「F」樓層，代表的是 FIRE 嗎？

儘管心裏還有很多問號，但莫藍覺得芮珂說火災就是第三關卡的說法越來越站得住腳。只是他比以往都更要困惑，不知道要如何解決目前的難題。

除了上述的「F」樓層以外，管理員只說第三關會在「明天」開始，並沒有說過是明天的甚麼時間。芮珂按自己在客廳梳化入睡的時間推斷，起火的時間應該已過午夜十二點。

逃出火場就是評議會設給他們的關卡。

既然是考題，芮珂再次搬出相應的思考模式，評議會希望透過觀察逃離的過程來評估申請人，要是還指望評議會會派人來救援簡直是天方夜譚。在每每講求效率、就連交往對象都可以透過基因分析和考核來驗證契合度來決定要不要繼續交往的世界中，這種消極又被動的基因是他們最恨不得被消滅的。

而證照本身並不是強制，沒有得到證照、不被評議會認可擁有優秀基因的國民生育下一代只是比有證照的人得到的好處更少，生育這回事本身不需要得到批准，評議會亦沒權利阻止。

但如果這種活該被淘汰的基因在考核中流失，自然就不會帶到「幸福演算紀元」的下一代世界。

問題是，要逃出的話他們就得先找出自己所在的F樓層是在地面以上，抑或是地底的樓層。外面的濃煙已經越來越多，他們沒有閑暇去外面再慢慢思索該往上或往下逃跑。

莫藍甚至不知道自己應否逃命，可是這件事不只關乎他自己，還有身旁驚恐之下又得保持沉著的芮珂。他撇除別的煩惱，純粹為了芮珂仔細一想，就越是覺得他們身在地面以上的可能性很高。他問芮珂：「這裏附近不是有一個地下鐵站嗎？這個地下鐵站是三線匯聚的中轉站，就算被翻新多次，地址上來說地下鐵站本身一百多年來一直在此。而評議會大樓是在『幸福演算紀元』實施後才建成的大樓，如果要興建地下室的話要躲開固有的地下鐵路，這樣的風險和工程都太大。」所以，莫藍按此推斷大樓是沒有地底樓層的。

接下來，就是需要判斷火種是他們之上還是他們之下，從而定出逃生路線。

被莫藍一說，終於獲得一點眉目的芮珂接住莫藍的推論續說：「如果他們在我們上面的樓層縱火，火勢只會一直向上蔓延直至燒光整座大樓，在底下的我們最大機會是會被濃煙嗆死；相反，如果火種是在我們下面的樓層，火就會離我們越來越近。將我們推至危急的絕境，不是評議會在第一關使用的招數嗎？」

她知道他們都無法忘記在第一關那個被他們開鎗打死的死刑犯，管理員一直透過倒計時來為申請人營造無形的壓力，這是評議會慣用而又屢試不爽的做法。然而至今莫藍還未肯定那個到底是一個極其像真的投影，還是一個活生生的真人——當然他的意思是，被他開鎗之前的本來就是一個活生生的真人。莫藍認同芮珂的説法，事實上是除了她那套説法以外，對現狀本身非常困惑的莫藍對此也沒有其他的想法。如果火種是在他們之下的樓層的話，要做的就是違反常識告訴我們如遇火災一律要往下跑的概念，因為人是無法穿過火場的。無法逃往地面，保命的方法就是逃往天台。

而且，要跟一直蔓延的火勢鬥快。

莫藍和芮珂最後一次加濕毛巾來掩好口鼻，彷如重拾默契一樣緊緊握住對方的手。在任何緊張的時刻，她也總會這樣反握莫藍的手，再用力捏一下，莫藍從沒過問過這個小動作的用意為何，但他想這是一個屬於他們兩人的密碼，即使沒完全解開也沒關係。眼前的險境隨時可以取人性命，他是否死在這裏根本沒差，但他衷心希望芮珂安全無恙。

莫藍一手扭開門把，目標是要找出防火梯後就拚命往上跑。離開單位的一刻，視線的能見度比他剛才從單位窺探出來時已經低了許多。芮珂打開從屋內取來的手電筒，透過光源輔助尋找方向。兩人依稀沿住離開升降機的位置找到防火梯，開始不顧一切地往上跑。

他們每跑幾步就不時回望，眼見從下湧上的煙霧好像越來越濃密，求生意志就迫使腳步繼續提高，目光放在前方一直往上跑。很快，他們內心都湧現同一個問題：他們不知道自己身在哪一層，更不知道評議會大樓共有多少層。

芮珂慢慢墮後，在濃煙中用力一扯莫藍，他回頭發現她露出來的雙眼幾乎睜不開，用虛弱的眼神向他示意她需要停下來休息。兩人已經不知跑了多少層，體力亦相繼到了極限，加上為了避免吸入過多濃煙而用了濕毛巾掩蓋口鼻，呼吸機能大打折扣。趁芮珂喘息期間，莫藍從梯間探頭向上一望，上面彷彿還有無窮無盡的樓層。疲憊和恐慌在腦海不停交戰，意識告訴他自己必須帶著芮珂盡力逃命，身體卻在阻止他再向前踏多一步、走多一層。最難走的路不是多崎嶇或陡峭的徑道，而是任何一條看不見終點的直路。

芮珂雖然已經累得無得站直身子，只能倚在梯間的扶手上大

請刪去一不適用者

口喘氣。可是他留意到她視線一直避免向上望，怕看到那個沒有盡頭的螺旋型空間，自己會走不下去。

「芮珂，」莫藍在耳邊大聲喊她的名字，確保她要聽得見：「我在進入評議會大樓的時候看過它的周圍，旁邊有一座我經常去看展覽的康樂樓……驟眼看評議會比它高不了多少，我想這裏應該只有十樓……最多只有十五樓，不會再多。」

說罷，莫藍再次拉起她的手，讓她借助力量重新啟動身體的逃跑機能。

將終點放在面前，芮珂顯然又再恢復了動力，而莫藍卻沒有。他說的那個終點是假的，旁邊根本沒有甚麼康樂樓，他也不曉得在遙遠的上方到底有沒有一個可供到達的終點。現狀就和莫藍的想法一樣如墮五里霧中，他一想起現在的環境和自己前來申請證照的初衷有多背道而馳，莫藍就感覺到雙腿開始不聽大腦使喚，每提一下腿都比上一次要花上更大的力氣，步速明顯正逐點逐點不由自主地減慢。

在莫藍給予的助力正逐漸縮小時，芮珂意識到自己需要付出比剛才更多的努力來向上爬升樓梯。為了不能再讓腦海時刻察覺到大腿的疲軟，她在體力帶來的絕望當中開始思考起因果論來。如果今天真的因此丟了性命，是不是不來評議會的話就逃過一劫？想要領取證照，在規劃未來時擁有更多資源和肯定，這個決定是不是太過貪心？

莫藍回頭看芮珂正緩慢地攀上階梯，拉扯著他的手的重量越來越叫人吃不消。要是只有莫藍一個人，其實他也沒信心肯定可以在火勢來到之前跑上頂樓，更何況他現在的目的不是自己逃生，而是拯救芮珂。他不禁在想，如果自己當初沒選擇和芮珂在一起，或者在她提議前來評議會申請證照時動念欣然答應，她今天是不是就不會被困於此，因為他而蒙受隨時丟了性命的風險？

莫藍跟芮珂在一起，身邊很多人都覺得意外，當然在舊朋友圈子當中，所有人都以為艾麗絲會是莫藍永遠的歸屬。直至她挺著帶有別人基因的肚子，告訴莫藍她要離開他。

雖然說身邊朋友沒有一個人會懷疑莫藍和艾麗絲的契合度，

他們基本上就是同一個人的男女版本，可是一把兩人的性格作風考慮進去，又不難想像艾麗絲會背叛莫藍。同樣地，如果背叛的人是莫藍，他們亦不會感到意外。

莫藍沒有太過介懷芮珂隱瞞過他的事，但他對這件事本身確實存在負面情緒，但原因不是出於她的不誠實，而是出於一個芮珂不會知道的秘密。莫藍的朋友沒有認為莫藍會在艾麗絲離去後一蹶不振，他們知道他很快就會投入新的關係，只是沒想過對象會是芮珂這種女生。芮珂不會知道莫藍和她交往的理由，純粹是因為她很安全。

一個人很安全的意思是，她能帶來很大的安全感；而一個人很有安全感可以有很多原因，可以是因為她讓你感受到自己的重要，可以是因為她事事坦白不作隱瞞，也可以是，讓你完全相信她不會背叛你。

莫藍從不知道該怎樣形容芮珂，他覺得從他的角度怎樣說都不公允，只好說一些實在的事實。芮珂交往的次數不少，但莫藍是她第一個帶來評議會申請「穩定交往證照」的人，他知道在這件事上芮珂沒有說謊，考核是兩個人的事，如果她早就有參加過考核，深明過往經驗的重要性的她為了提升二人通過的機會率，肯定會將訣竅和他分享。可是從她幾天前就為了擔心考核無法通過而坐立不安時，他就知道不是能假裝出來的。所以由此推斷，莫藍相信自己是芮珂唯一一個能夠可以發展到談及「穩定交往」的對象。

莫藍的朋友都以為艾麗絲的事讓他蒙受極大陰影，決定找和她截然不同、務實又理智的女生。艾麗絲的事對莫藍打擊實在不少，但他不會說那是陰影，艾麗絲永遠不會成為他的陰影，他在艾麗絲離開的一年間一直無法把這件事放下，直至芮珂出現，被折騰得混沌的他變得目光清晰。他如果要開展另一段感情，便希望可以把更多時間投放在藝術工作之上，感情不應該再是一件要他憂心勞累的事。

這個亦是「幸福演算紀元」成立「穩定交往證照」的初衷。

莫藍得出來的答案就是他需要一個穩定的交往對象，而在評議會給予科學計算過的答案之前，對莫藍來說，穩定的意思就是

請刪去一不適用者

安全。莫藍的朋友們下一個感到好奇的地方是，他們和芮珂的生活圈子如此不同，到底是怎樣遇上？可能，「幸福演算紀元」的科學就是這麼不可思議，現時的科技已經可以知道莫藍的潛意識中想找一個安全的人，所以芮珂就在他的交友程式上連續出現七天。

當莫藍第一次看到芮珂的相片和簡介，他馬上就把那份平庸粗糙的五官滑走；第三天她再出現，莫藍再次滑走時察覺到那份讓人高攀不起的學歷；第六天，莫藍開始注意到她刻意但仍然勉強的妝容。當芮珂第七次在本應隨機的交友程式出現，莫藍也開始不得不相信原來演算法真的比他第一次見到她的本能直覺更清楚，她就是他想要的人。

莫藍知道，芮珂需要他，遠比他需要她。

他本來可以肯定自己這種「需要安全」的想法不是一時興起，可是來到生命攸關的關口，他又開始質疑。

曾聽說過人死去後，就會被困在同一天反覆經歷死亡時的痛楚和情境。

如果今天真的逃不出去，莫藍在想的是，自己會想跟一個不愛的人一同死去嗎？

願意跟一個人一同生活，不代表想跟他一同死去。

這一點是莫藍不可能告訴芮珂的秘密，他想想就無法承受強悍的芮珂得知這個事實時的自卑會使她如何崩塌的失控場面。所以當莫藍在知道芮珂原來騙過自己的時候，他的介意甚至感到動搖。這個他以為很安全的人，原來並不安全。

在評議會宣傳「穩定交往證照」中的影片提及過，在一段感情中感到迷失情況非常常見，一般人的解決方法就是逼自己不要去想。清空腦袋，封閉自己的視角，那麼就會看不見旁邊其他無限的可能，只會一直往前走了。可是影片的最後當然說，前來參加考核、獲得「穩定交往證照」，自然就不會感到迷失。

但芮珂安不安全早已經不是莫藍要考量的事，最不安全的是他們身後步步進迫的大火。正是因為莫藍不肯定自己是否真的想跟芮珂一起死在這裏，所以他更不可讓芮珂在這裏死去。他們一步步往上攀爬，每登上一層階梯，迎接他們的卻是另一個一模一樣的拐角，然後又是一段更長的階梯。每個轉角都是惡意的重複，他們漸漸分不清楚是無數的轉角輪迴還是身後步步迫近的濃煙令他們感到窒息。整個空間除了兩人的腳步聲和喘氣聲就靜得叫他們絕望，腳步和階梯的摩擦聲在空間中被無限放大成無法逃脫的回音，每一步都是徒勞無功。當他們每一次抬頭都是同樣的光景，每一次拐彎都是相同的弧道，比起攀登，這個情況讓他們覺得自己更像的被困於時間與空間的牢籠，並開始接受有一個可能是他們猜題的方向根本錯得離譜。

到了某刻，走在前方的莫藍發現前面的樓梯迴旋好像開始不再移動，不再移動的意思是指那個階梯盡頭的小平台變得越來越大。莫藍連忙著身後一直牽扯的芮珂去看，不肯定這是自己因疲憊不堪意識不清而出現的幻覺，直至芮珂也禁不住挪開濕毛巾露出絕望中久旱的微笑，他才敢相信這是真的。

然而，當他擠盡身體最後一分力攀上最後的台階，卻發現「終點」並不永遠等於「出口」。絕望是你拚了命似的想要衝出水面吸一口新鮮空氣，卻發現水面以上，只是另一片汪洋。

人生總是有比我們想像多的事，都是徒勞無功的。

特別是在講求效率的「幸福演算紀元」下不會有真正沒有意思的事存在。在這裏，一件事徒勞無功的意思即是，政府是刻意想要它徒勞無功、需要它徒勞無功的。比如說讓人絕望，就是徒勞無功本身最大的功能。

兩人站在最頂一級台階、整座大廈的最高點，卻沒有找到心目中的逃生門。眼前無路可走、只有一堵空牆的他們被迫停了下來，火勢和濃煙卻沒有停下的理由一如既往地向上攀升。火不需要出口，只需要吞噬絕望的人。

這是莫藍第一次懷疑自己來參加考核的初衷。

或者他沒自己想像中想要取得證照。又或者，是評議會想要讓他覺得沒自己想像中想要取得證照。

對莫藍的內心掙扎一無所知的芮珂目睹階梯盡頭的牆壁累得倒坐地上，無論是體力還是希望都早就透支的莫藍亦索性倚住那堵應該出現逃生門的牆壁，眼睜睜等待濃霧淹沒他們。

直至最後一刻，莫藍還是對芮珂感到非常抱歉。

莫藍清晰感覺到每呼吸一下都比上一下更要力氣的分野，原來他一直好奇的死亡正是如此——由於身體超出負荷，腦袋也沒有呼天搶地的驚慌。平靜得讓莫藍在猜想芮珂在面臨死亡的這刻想的到底會是甚麼。

芮珂之所以會來，除了是希望知道自己就是她值得發展下去的對象，其次也是希望在未來生養出帶有評議會認可的基因的下一代。她肯定沒料到評議會對於淘汰不合適基因的執著會如此嚴苛，以這種方法來篩選不值得遺傳到下一代社會的基因。如果人在死後的一段短時間殘有意識，以芮珂的性格她會不斷回放在考核中的每一個時刻，以逼死自己的節奏不停反省是在哪個位置做錯了。是不是推斷錯了，不應該往上逃？還是中間太大意而錯過了某個藏在梯間角落的出口？他們來到死胡同，唯一的去路被不斷逼近的熱力阻擋。他們沒選擇到的路是怎樣都不再重要。

正當莫藍感覺到意識越來越散漫，半開半合的眼皮外面好像有一束強光襲來。他以為是熊熊大火終於蔓延到他們面前，可是身體沒有預期中要命的熱力，反而是一股恰好的暖流灑在臉上，然後身上，最後整個人，都像沐浴於和煦的陽光之中。

莫藍心中忽發奇想，評議會該不會就這樣讓他們通關吧？

他強行使出軀體僅餘的力量撐開眼睛，眼前的濃霧仍在，身邊的芮珂仍在，和他的眼神一樣迷濛又疑惑。可是他們四周的牆壁、剛才踏過的階梯都已經消失不見，兩人坐在一個寬闊的空間當中。莫藍伸手一撥，眼前的視野豁然開朗。我們不再身處走火梯間，前面是一間和之前進行第二關填字考核一模一樣的房間，而他們頭上，則是破曉的第一線晨光。

就在此時，廣播再一次傳來開始變得熟悉的聲音：

「／兩位，早安。／」

聽到管理員的聲音，芮珂才終於有死裏逃生的感覺。雖然是投影出來的試驗，但煙霧嗆喉的不適和火勢步步進逼的熱力都比她能夠想像到的科技更要超脫像真。

「所以，」芮珂無視桌上由填字問卷變成的補給品，逕自走到桌前向無形的管理員提問：「你會告訴我們是在哪裏做錯了決定，所以導致失敗嗎？」

「／失敗？你們可是通過了這一關。／」管理員似乎早就預料到申請人的誤解，隨即就安排投影機將通關字句顯示在牆上。儘管如此，可是無論是芮珂還是莫藍還是未能理解到管理員說他們通關的理由。如果逃出火場是這次的考題，他們明明就沒有找到出口。換著是真正的火場而不是投影，他們早就葬身火海。

然後，廣播捎來了答案：「／這裏根本沒有出口。／」

「沒有？」芮珂明明知道任何形式的反問都會讓發問者看起來很蠢，但當下的愕然卻是出自第一反應。要是沒有出口，他們大費周章弄出一個像真的火災現場，到底是想要篩選甚麼特質？就在她詫異不過的時候，莫藍輕撞她的手肘，示意留意牆上的投影。

申請人在進入考核前已經做過詳細的身體檢查，確保沒有隱疾、心跳速率血糖比例全都健康。如果被驗出了無法根治或透過基因編輯來排除的遺傳病，評議會會為申請人提供免費絕育服務，並承諾在申請人喪失工作和自理能力時由政府照顧。可是莫藍和芮珂都沒有接到這樣的通知，他們想不明白這道關卡在他們的考核有甚麼存在的必要。

管理員那端傳來答案：「／這不是指單純的體力。評議會在說的，是身於絕境的力量。／」儘管評議會透過證照篩選讓下一代的人能夠具備更優秀的特質，可這是一個需要時間才能見效的措施，一時三刻並不能改善現在生活的人身處的環境。W 城的罪惡率在實施「幸福演算紀元」後大大降低，可是世界很大，W 城不是 W 城人的唯一。在世界確實變好之前，它必然會先變得更差。而且這一切的推手賽諾不免擔心自己在不久人世的未來，是否可以確保接任的人能夠承傳並保護「幸福演算紀元」的初始信念，生活品質的穩定度，比起關係的穩定度更為影響國民的生產力。為此，評議會確保申請人自身有面對極端環境的生命力，可以遺傳到下一代的話便更為重要。沒人知道世界在變好之前會壞到甚麼模樣，也沒有人知道現在安好的 W 城會在甚麼時候變壞。萬一具備了所有優良基因的下一代根本捱不過任何往壞方向走的變遷，評議會所做的一切篩選都是徒勞無功。

只有能夠適應並克服絕望，應對世上一切變遷都能處之泰然。這份穩定是由這個特質的持有人所賦予自己，而不是由伴侶或外界給予的。只有做到這一點的自給自足，才能稱得上最恆久的穩定。

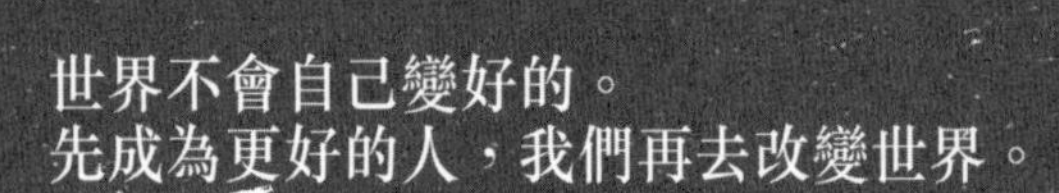

世界不會自己變好的。
先成為更好的人，我們再去改變世界。

請刪去
HAPPILY
EVER AFTER
不適用者

第四章 ✕ 別走這麼近

請刪去不適用者

HAPPILY EVER AFTER

大難不死，莫藍不肯定必有後福是否屬實。只是跟死亡——即使是虛構的死亡——打過照面後，他開始衍生了一些以前不曾有過的想法。也許這個才是評議會設置該個關卡的目的。

「莫藍，」芮珂眼睛微微一亮，抬頭對他說話時，手中在重新梳整已經亂七八糟的髮髻：「我知道評議會為甚麼會這樣做了。」

除了剛才管理員提及的適應力，顧名思義，他們所在的地方是生活品質評議會。

「走過死別，就不會輕易生離。」除了在關卡中測試兩人關係的穩定度，考核的過程本身評議會亦不斷對這段關係灌予穩定。

莫藍不否定芮珂對考核的理解和猜測，只是微微點頭，嘴角也沒有完全抿緊，而是留著一絲若有若無的弧度，隱藏著某種複雜的思緒。

管理員宣佈兩人通過第三關後，他們就一直留在有補給品供給的房間。對於遲遲沒有接到廣播或指示，芮珂開始感到陣陣不安。手無寸鐵迎戰並不可怕，最使人恐懼的是根本不知道面對的挑戰在哪，何時出現，又會怎樣現身。

「我想這是休息時間。」莫藍指向房間角落兩張無重力座椅，這款正是等待區所設的那種座位，椅面的記憶海綿可以配合使用者塑成最為舒適的座姿。他不肯定這兩張座椅在他們剛通關時是不是已經出現，但無論如何，世上已經沒有任何事可以阻止他前去好好躺臥。

「考核一共有六關。我們已經通過了『勇氣』、『智慧』和『力量』三關，剛好一半。」莫藍因而推想，這是中場休息的時間。説罷，芮珂不自覺地舔舐著乾燥的嘴唇，在坐上無重力座椅後她叫出了虛擬管家準備一杯溫水，才剛躺下讓全身繃緊的肌肉放鬆，鬆懈下來睡意就來襲，還沒等到虛擬管家呈上溫水她就完全睡著了。

撕破朦朧意識的是熟悉不過的廣播。

「／請移動到下一關。／」

像先前幾關一樣，在管理員這樣說後就會出現一扇門的投影，而門後的房間不過又是另一個一模一樣的空間。經歷過的事已經司空見慣，莫藍和芮珂不再為突如其來出現的門柄感到驚奇，為著評議會即將要他們面對的難題也開始漸漸建起心理準備來。莫藍邁步，芮珂就在旁挽起他的手同行，雙目卻不住瞟向廣播器所在的位置。

這次的場所，同樣有一套辦公室桌椅。不過這次沒有補給品，也沒有拼字遊戲或手鎗。擺放在桌上中央的，是一座古舊的撥輪式電話。

「哇，好懷舊。」莫藍興致勃勃地拿起話筒扮作聽電話：「我父親很喜歡收藏舊年代的古董，他的收藏室也有一座這樣的電話，不過是淺綠色的。」他聽說以前的人不是每人都有手提電話，一個家中只會有一台這種龐大笨重的家居電話，全家人分享同一台電話。而且還沒有視像、分享圖片影片，甚至傳文字簡訊的功能都沒有。

芮珂慢慢走近，莫藍放下聽筒遞給她也玩一下：「所以說，這

請刪去一不適用者

台機器只可以用來對話？」芮珂有時覺得，舊時代的「科技」比起他們的新科技更不可思議。正是這些瞬間會令她感恩自己生於這個科技至上的世代，不過，如果還可以長於莫藍那種家庭，就更加幸運了。

「／兩位休息後還好嗎？／」

狀況不對，再關懷的說話聽起來也會讓人覺得惺惺作態。雖然他們沒有時間概念，不知道自己已經休息了多久，但無重力座椅的科技實在驚人，兩人躺在上面酣睡一場，精神已經恢復不少。對於評議會將他們置身火場的安排，芮珂肯定他們在申請考核前簽下的同意書中有充分的條文去保護評議會，讓申請人敢怒不敢言。

她的眼睛微微瞇起，像是在掂量著甚麼，但下一秒便恢復了平靜，笑容重新掛在嘴角後才回應管理員：「如果不需要我們再逃命的話應該會更好。」

「／評議會有好好考慮過考核的排程，經過昨天的力量測試大家都應該體力透支，所以這關會是相當輕鬆的。／」

雖然誰也知道管理員的話不可盡信，以開鎗放火來開場，後來可以輕鬆到甚麼程度？雖然證照並非必需品，但評議會作為頒發機構自然負有監管之責，除了讓申請人有效評估要不要將時間和心力資源放在眼前的關係之上，更是間接決定 W 城的下一代會是怎樣的人。如果說不再是體力勞動相關的輕鬆，那倒是合理的事，可是芮珂知道從字面意義上，那無論如何都不會是容易通過的輕鬆。

「／在你們面前有一張單行紙和筆，／」管理員釋出指示，他們把目光放在桌面，隨即發現有一套紙筆安放在舊式電話旁邊，而剛才進來把玩電話撥輪的時候肯定是未有出現的。

「／這關你們需要寫下十個人的名字。／」管理員補充這十人可以是至為親近的親友，也可以是只有數面之緣的泛泛之交。總之只要是他們知道名字的人，就可以寫在名單上。

聽到這裏雖然還未知道評議會葫蘆裏賣甚麼藥，可是經過之

請刪去一不適用者

前的關卡，兩人都深知道評議會的關卡可以誇張到甚麼地步。他們兩人一心因為想要領取證照主動走進坑裏，但如果要牽連到身邊的人，考核還未開始經已帶來心理折磨。

「／你們有十分鐘時間。請謹慎考慮人選。因為這一關能否通過，將全數取決於這十個人。／」

廣播就此停下，沒有留下進一步的提示，只留下惑然的申請人和分秒消逝的時間。

莫藍盯著桌上的紙筆，眉頭深深地鎖成一個結；可是芮珂心底的焦躁卻像最惡的病毒一般在體內急速擴散，分分秒秒的腳步都像銳利的刀直往她心裏淺淺地不停劃割。同時理智又阻止她胡亂填上人名，要選甚麼人，就得先搞清楚評議會想讓這些人做甚麼。像以前很多很流行的電視節目遊戲，參賽者也可以選擇一位親友來擔任智囊，在遇上難題的時候提供幫助。眼前的狀況芮珂不禁猜測是否亦有雷同。

但問題就在於這一關會是甚麼類型的測試。如果是像「智慧」

那一關要填字謎的話，讓芮珂在碩士班的同學甚至老師、教授來幫忙肯定有優勢；可是萬一是像剛才的「體力」關卡，選一群長者的話大家都必死無疑。

「莫藍，你認為呢？」芮珂決定把疑問分擔給莫藍。不只是想向評議會顯示二人有商有量的一面，而是她對這關的把握也沒比他多。

「我在想一個問題，」他將事情在腦海預演推算一次後提出一個可能性：「如果我們在寫下十個名字後，如果這些人不願意幫忙呢？」

剛才管理員只著兩人要謹慎選擇，卻沒提及過如果這些人不願意幫忙的話會有甚麼後果。莫藍補充自己的說法：「我的意思是，當然你可以將在大學所認識最德高望重的教授名字都寫上去，就比如說系裏的院長。你知道他的名字，他學識也理應是最高的。可是萬一他不願意幫忙——又或者我們應該問自己的是，他為甚麼要幫助一個他連名字也未必記得的畢業生？」

請刪去一不適用者

社會階級距離遠的人，不單止難以理解對方的狀況或難處，下位者亦沒有甚麼可以回饋上位者。「幸福演算紀元」的幸福和進步全憑科技帶來的效率，效益是一切的先行。而在沒有利益的情況下，他們要憑甚麼讓別人伸出援手？

「我同意。」芮珂附和莫藍的顧慮：「如果有這麼容易的話，申請人就將總統、發明家、諾貝爾得獎人的名字統統寫上去。可是這些人根本不可能理睬我們，寫上不可能的目標只是在浪費名額。」他們達成的共識是應該寫下真正認識的熟人。

可是制定了方向後，不等於就會找到出口。

在攸關重要的關頭，每一個人都會省思自己有幾多個可以絕對信賴、並肯定對方願意無私相助的朋友？

莫藍提議先寫下家人的名字。即使他們沒有過人的技能，但沒有其他人會比他們更盡心盡力。

芮珂只是歪歪頭，沒說甚麼，但遲遲沒有反應已充分顯示她的不願意，甚至用覺得甚為荒謬的眼神怪責莫藍為何會向她提出這種要求。她的父母是貧窮戶，後來更因不和而分開，正是「幸福演算紀元」在未來世界中最需要剔除的基因。

「讓他們來的話肯定過不了篩選。」在評議會眼中這種人的基因最不應該被遺傳下去，具有生產力而選擇被扶養的「主動扶養人口」只會成為社會的負累。

莫藍明白她的顧慮，卻不全然同意：「可是他們的基因再壞，還是生出你來。」

他知道芮珂信奉「幸福演算紀元」，可是優生學、基因篩選雖然是精密科學，但在他的角度看來這個世代的科技也不是這麼絕對，一概只是機會率的問題。健全人士還是可能會生出帶有先天疾病的孩子，身患遺傳病亦不都一定遺傳給下一代。

「基因不是有分顯性和隱性嗎？說不定你父母也是有某種過人的隱性基因，然後遺傳到你身上。」莫藍對他們的國策還是生物學的認知都不多，但他總是試圖說服芮珂不要為自己的出身感到自卑。莫藍在關係上很常感受到她的這種情緒，就算他再小心翼翼去避開所有或者會讓她感到被奚落的話題，情況還是會時不時出現。因為自卑根本就長在她心裏，與其他人所說的都無關。

長年累月，莫藍發現去跟一個自卑的人相處其實非常難。交往是兩人為對方和自己貼上標記的儀式和過程，明言宣布自己的愛已經託付在另一個人身上。跟芮珂交往難就難在他要去愛一個連她都不覺得自己值得被愛的人。她每一次否定自己，就等同在否定對方在她身上投放的愛，她堅定地把別人給予的愛一一推走，並異常肯定地告知對方這並不值得。逐漸地，對方就會相信她所說的，然後黯然離開。

莫藍知道這正是她一直無法和以前的對象長期交往的原因。就算她在實際生活上已經有多能幹或能言善辯，她還是無法拋開覺得自己永遠低人一等的想法。正因如此，所以她安全。正因如此，所以看穿這一切的莫藍選擇了她。知道自己長有翅膀的人，不會永遠留在原地。

最後芮珂還是同意寫上父母的名字，加上莫藍的雙親還有六個待填的名額。由於兩人搞不清楚這一關的考核會是甚麼類型，必須保留可能會是需要體力勞動的可能。保險起見，莫藍建議名單上也得找一些身壯力健的人。莫藍在藝術大學時參加過足球隊，雖然他並沒有在這項興趣上投放太多時間，但最大的收穫是三名感情不錯又充滿魄力的隊友，其中一位畢業後不再作畫當上了健身教練，萬一關卡和體能相關，找他們的話無疑會有勝算。最後的三個名額，他們決定冒險填寫芮珂在碩士班的導師。雖然和他們算不上熟絡，充其量也只是疏離的師生關係，但他們都是學識淵博的人，萬一賭中了機會他們願意幫忙，分分鐘就是通關的關鍵。

在限時完結之前，名單恰好完成。當管理員在後台確認的時候，莫藍隨口笑說自己並沒有向家人透露過前來評議會考取證照的事，不知道他們被帶來到這裏會不會被嚇壞。

「糟了。」一直在沉思的芮珂眼神散漫，語調卻平穩得叫莫藍覺得異常詭秘。她到底突然想出了甚麼頭緒？

請刪去一不適用者

「我想，我們應該把事情完全搞錯了——」芮珂一邊說，雙眼一直瞪住桌上一件被他們所忽略的物件。

他們只有在一進來的時候把玩了一下的這座舊電話平靜地躺在桌面，似乎在默默挑釁，無聲地昭示自己的重要性。一聽見管理員的指示兩人就忙著埋頭思索名單，一直將最明顯的線索忽略了。

不只是莫藍的父母，名單上的所有人都不會來到現場。芮珂試圖從另一方面加以佐證解釋：「試想評議會的考試內容是最高機密。如果每對申請人來到第四關都要邀請十個人來一起進行考試，牽涉的人數一旦去到這麼多，就算是評議會，也很難控制到每個相關的人都會對內容保密。然而我們在外界卻是一點流出消息也沒有成功探聽過，那就說明這些親友沒有參加考核——」

「或者，他們不知道自己成了評議會考核的一部分。」莫藍這樣補充。腦海越多空白，就長出了越多可能性的枝節。

管理員的廣播偏偏在這個時刻響起，兩人心跳不期然被嚇到慢了半拍。

「／後台已經核對過這些人選的身份和聯繫方法。正如剛才所言，這一關通過與否是完全取決於他們。所以這一關，申請人並不會參與考核。在過程中只需要拿起話筒，就能聽得見內容。／」

管理員說，這個話筒經過特別設計只有單向聲道，沒有收音裝置。換言之，只有這方能夠聽到對面的人說話。

就如舊式電話沒有視像通訊，也沒有圖片或影片支援，只有純粹、直接、不經修飾的對話。

管理員宣布由名單第一位開始，這樣的話就會是莫藍的母親。莫藍拿起話筒，放在兩人的耳畔之間確保他們都能聽見內容。從髮際線滑落的汗水滴使莫藍的臉頰痕癢難當，他並沒有把前來評議會的事告知任何人，而評議會似乎對他們瞭如指掌，讓他們跟自己的親人接觸很難叫他不擔心。莫藍一手拿起話筒，另一手忙著拭去另一顆準備潸然的冷汗。

「／您好啊，請問是澤萊恩太太嗎？／」他們認出這是管理員的聲音，但這次與他平日透過廣播器傳出，那種像專業播報員的腔調聲線都截然不同。他用一種輕快、年輕的腔調念出莫藍母親的名字，語氣裏透著刻意的活潑，甚至帶著一絲柔和的跳躍感，像是在模仿一個無憂無慮的年輕人打電話的方式。聲音的變化之大令人錯愕，短短一瞬間，他就能從沉穩的語調切換到這種輕浮的語氣，彷彿一名隨時進入角色的演員，以令人驚歎的精準完成了一場語言的表演。

「我是……請問，有甚麼事情？」莫藍從話筒聽到母親輕柔的聲音，感覺抽離得很，同時暗自懊悔不應該把她的名字填上。這樣做實在太冒險。

「／哦哦，是這樣的。我們是 W 城政府的民意調查機構，只會佔您一點點時間。『幸福演算紀元』需要國民的意見不斷進步，這可是關乎我們社會的下一代，請務必答應我們參與調查呢。／」管理員繼續用年輕人的聲線落力推銷，莫藍知道母親是不會拒絕別人的老好人，不出所料她很快就答應幫忙這個殷勤的「年輕人」。

管理員清清喉嚨，開始拋出問題：

「／太太，請問您有孩子嗎？／」

「有啊，」莫藍母親一聽見來電者是政府機構，在罪案率低下的W城養成了國民毫不設防的思維取向，不虞有詐地將個人資料全盤托出，還要語帶自豪：「我有一個兒子，莫藍．澤萊恩，今年二十五歲，他是畫家——」

「那請問，您覺得您的兒子是一個怎樣的人？可以給出確實的形容嗎？」管理員著莫藍母親可以隨意講出任何想法，並說這是「幸福演算紀元」最新研發的「現代母子關係系數」的前期研究調查。

莫藍母親完全沒有一絲懷疑，單純不過地說出想法：「莫藍他是一個好人啊。」莫藍知道自己的母親才是不折不扣的好人，意思是她根本不會說任何人的壞話。就算是在「幸福演算紀元」取締基層工作、虛擬管家被發明前，他們家中還會聘用真人。有次女傭被當場建到偷東西，莫藍母親也對執法機構說她只是心急救濟家庭的孝順好人。可想而言，這樣的人絕不會說關於自己孩子任何的缺點。即使莫藍成績平平，她也會著眼於他最微不足道的一點成就而滔滔不絕。

管理員也許是聽得不耐煩，決定打斷她。

「／——所以如果要您評價和兒子的相處的話，您的回答會是『正面』的。我這樣說可以嗎？／」

「他是我不捨得世界的最大原因。」

聽見母親對自己的評價，莫藍的心臟好像得到了一下重擊。他覺得自己應該要和把握這個時刻和母親說點甚麼，可是在當得到母親正面的回答後，管理員便掛斷電話，與此同時宣布兩人在這個關卡暫時獲得了 1 分。

在這之後，他們終於了解這個關卡的考核模式，在這關管理員會依據名單逐一聯絡，請他們逐個逐個替莫藍或芮珂給出評價。每得到一個人的「正面」評價，他們就會有 1 分，如此類推。

「／評議會考慮到，單憑一個機構來判定申請人或者也有不夠全面之處。所以第四關會交由申請人身邊的人來判定你們是否一個好人。關係是兩人的，但從來不只是兩人的。為了更全面地了解申請人，從而分析兩人的契合度，這一關評議會和申請人將會得知身邊的人對自己的想法和評價。雖然基因分析的準繩度已經得到肯定，後天的反覆驗證亦必不可少，考核就是因此而有存在的必要。認識得夠全面，將未知消弭到最低，穩定度就越高。／」

管理員表示，如果在身邊真實相處過的人和申請人的相處體驗都是正面的話，透過從旁驗證，可以傾向相信這個人帶給關係的體驗很大機會都會是正面的。考慮到每個人的相處都是獨一無二，和他個人的交往對象沒有直接關係，仍然可以提供參考價值。這份名單由申請人親自選擇，而不是由評議會隨機挑選，由他們來評價足夠公允。所以雖然說這一關申請人除了提供名單以外並不會參與考核，但其實是，他們這輩子所作過的一言一行、從小到大被人看進眼內的行為舉止，通通都變成了考核的一部分。

人類在鏡中見到的自己，跟在別人眼中看見他們「真實」的模樣是存在偏差的。因為人的視覺擅於變戲法，而最會被其騙倒的觀眾就是自身。基於視覺偏差和心理偏差，在鏡中的人往往比起現實世界的他們會更好看一點。

換言之除非有科技可以讓人類抽離肉體，否則人將永遠都無法得悉自己真實的模樣。

真實的我們，果然只存在於別人的眼中嗎？

評議會考慮到人與人之間偏見始終存在，所以亦有容錯率。在申請人選定的十個人中，只要有七個或以上的人對他們的相處給出正面評價就算通過。前提是，這些人並不知道自己的答案會造成如此舉足輕重的影響。

「／只有這樣，他們給出的評價才會是真實的。／」管理員或評議會的言下之意，就是人一般實在太虛偽。唯有像舊式電話這種樸實無華的溝通，沒有多餘的紛擾，才能直搗事實的核心。

「管理員，你也騙了我們吧。」莫藍吃吃地笑，禁不住反諷他：「不是說這一關很容易嗎？剛才聽你和我母親說話，我流的汗比起在火場還要多。」

他沒想過，管理員會交出這樣的回答。

「／莫藍先生，看來您的母親很愛您。您並不知道吧？／」

莫藍聽罷便板起臉來，心底築起重重戒備。儘管氛圍再融洽，莫藍心底還是很清楚管理員不會是他們的朋友。如果要莫藍為這個關卡想出一些好處，就是得知母親對自己真實的心意。要不是透過這個契機，他大概永遠不得而知。

接下來管理員分別致電了莫藍和芮珂的父親，得出了一個簡短而且正面的評價。一般而言，母親會比較容易敞開心扉，在評價中往往流露出許多豐富的情感；而父親傾向不怎麼表達自己的情感。芮珂的雙親離異，和父親相處的時間少之又少，當管理員問及他對芮珂的感覺時，他還一度把芮珂和她的姊妹搞混了。莫藍的父親在回答時，單純地向管理員用「不錯」來形容他和兒子的關係。莫藍的父親是成功的生意人，想當然爾，在他年輕時還未有「幸福演算紀元」，經營甚為困難的環境下他成功扭轉劣勢的事蹟，至今仍然讓整個澤萊恩家族津津樂道。而莫藍卻絲毫遺傳不了父親的頭腦和智慧，他理所當然也認知到這一點，但澤萊恩家的關係一向是保有距離的融洽，莫藍對父親的評價沒有感到意外。反正沒有自己，澤萊恩家族的生意還是很多人搶著接手。

就這樣，莫藍和芮珂輕而易舉地取了 3 分，接下來就是芮珂的母親。雖然後面的朋友和老師都是相對不穩定的未知數，但莫藍相信至少雙方雙親的 4 分他們都能穩當拿下。按照這個走勢，要達到通關的 7 分應該不成問題。

當管理員請芮珂母親先說出對芮珂的評價，她給出的答案是：芮珂是一個很機靈的女兒。

這個答案沒有人會感到意外，芮珂是莫藍所認識的人之中最聰明的一個。待人處事有高明的社交手腕，總是可以早一步知道別人在想甚麼然後多想一步。更別提芮珂可是貧窮戶中成功脫離原有社會階層的人，擺脫了世代貧窮的惡性循環。莫藍以為，這樣的家人必然會以她為傲。

莫藍和芮珂母親有過數面之緣，她無疑屬於話多的類型，莫藍第一次到她們家裏作客，芮珂母親就一直挽住他的手聊天，喜歡得不得了。對著扮成是調查員的管理員，她也像在菜市場喜歡跟人調侃的主婦一樣，一找到個可以說話的對象就沒完沒了地吹噓自己的女兒。

「我幾個女兒就她最精明，千算萬算找對了一個有錢人。」

「／『找對』？／」管理員比莫藍反應來得更早，而且執著一個莫藍本來不以為意的字眼鍥而不捨地追問，「找到」比較容易理解，但「找對」到底是甚麼意思。

「她現在的對象是畫家，就是賣那些不切實際的畫——就算是勞動工作被取締的現在，也不是隨隨便便就可以上藝術大學吧。我一直教我的幾個女兒，找對象就要找穩定的，這種人就是最好的例子。可是這麼多年，就只有芮珂最叫我自豪……」

說到這裏，芮珂出奇不意，一把使勁搶過莫藍手中的話筒，試圖阻止莫藍繼續聽下去。莫藍當然不願，可是還在電話中的管理員一見狀，馬上將話筒中的對話切換到廣播器中播放，像示威般讓芮珂知道評議會才是這裏的主事人。

芮珂母親的話還未說完。

「……接近這種上流人士，足足跟蹤了他一個月，然後不知怎樣——她找人幫忙，利用甚麼網絡的漏洞就突然在網上認識那個畫家了。由她決定要接近這個人到真正成事不過花了三個月吧。不夠聰明能夠做到嗎？芮珂真是很厲害……」

莫藍沒再在專注對話內容，反倒回想他和芮珂是在交友程式上認識的。當初朋友們得知莫藍在上一段關係結束後轉投交友程式，還紛紛說認識的人肯定都只看中他的家底，尤其是在艾麗絲的打擊後，軟弱不堪的他肯定會被騙感情。事實上他正是考慮過，在網上遇上穩定交往對象的機率反而更高。在現實世界認識的每個人都知道莫藍的工作，甚至澤萊恩家族是做甚麼的。在網上認識的就不同了，交友程式帶來的都是陌生人，莫藍可以選擇告訴他們甚麼、不告訴他們甚麼。而且演算法甚至可以用它的魔法事先猜測會和用家較可能契合的人。

莫藍一直天真地以為自己做足了萬全準備，最終找到了一個聊天時不會急著問他的工作、約會不會問他是搭地下鐵還是駕私家車來的人。他和芮珂第一次見面只吃廉價的快餐店，結帳時她還堅持要付一半的錢。他當時還認為自己將命運交給完全隨機的交友程式是個聰明的做法，沒想到，還不夠芮珂聰明。

聽到芮珂母親説她跟蹤了自己一個月，莫藍不禁毛骨悚然。現在回想，才覺得事情順利得太詭異。

跟蹤的意思是無時無刻都有一雙眼睛長在身後。無論是在咖啡店點了甚麼咖啡，在書店買了甚麼書，在甚麼時候去過哪裏跟一個甚麼朋友碰面。

一個莫藍當時還不認識的人，卻異常地熟悉他的一切，如影隨形。

交友程式活用演算法，最基本的就是根據用戶的所在地進行配對。所以如果系統識別到某個用戶一整個月的定位座標都在附近的話，這個帳戶很快就會出現在清單裏頭。

結果，莫藍就是這樣上鉤了。他想起來也覺得應該要警覺當時這個女生和自己的過分投契，全因為他遇過像艾麗絲和自己如此相像的人，便以為世界上真有這麼多和自己近似的人。芮珂在帳號貼的照片是他常去的咖啡廳，聊天時主動提起他在上星期買的新書；一句閑聊問他在哪裏，她總會湊巧在附近，順理成章地問：反正這麼近，要不要出來見個面？

科技太發達，先進到所有的緣份都可以是人造的。

芮珂母親還在話筒裏頭喋喋不休。

「以前她交往過大學的教授，本來也想著是個不錯的選擇，後來才發現被他擺了一道……這次她就聰明了。明明她也可以去攀附些家境更富裕的男人，她也不要。她說這個人是家中獨子，而且父母年齡很大才生下他。相對很快就能將父母的資產拿到手，而且也不用跟兄弟姊妹分。她計過數了，算對了哪一個最划算。對了，我有告訴你，她是數學碩士嗎？」芮珂母親最後不忘讚歎，芮珂的數學真的很好。

真相是害羞的，往往用最荒誕的形式包裝自己登場，卻絲毫沒有讓人覺得好過一點。

莫藍閃縮地將眼神悄悄移到芮珂臉上，他不知道為何畏首畏尾的人反而是他。從側邊看，芮珂的表情沒有特別難過或起伏，只是平靜地盯著舊電話上她不曾撥過的轉輪。

管理員作結通話前，需要再次向芮珂母親確認和她的相處屬於「正面」。芮珂母親肯定地給予答覆：「當然正面。哎，上次她還告訴我已經説服了那個男人和她去領『穩定交往證照』，這孩子多有辦法……」

芮珂教過莫藍，面試的訣竅是只要瞞過了這十五分鐘，成果就會跟隨你一輩子。

屈指一算，莫藍和芮珂在網上只認識了短短時間就決定在一起，也是交往一年就決定來考取證照，希望藉此認定對方是穩定交往的對象。莫藍很難不去想像，她是否在這一年的歲月使盡全力瞞過他，讓他信以為真她是那個簡單又安全的人，於是就換來安穩無憂的一輩子嗎？

這樣一想，莫藍就覺得自己更加愚蠢。他以為自己已經很會算計，貪圖芮珂的「安全」才選擇跟她交往；怎料到原來在他默默盤算的背後，早在跑來認識他之前的芮珂已經更全面地計算了他、分析過他，才選擇「出現」到他面前，讓他自以為是自己選擇了她。

芮珂在想的卻是另一回事。管理員這通和芮珂母親的電話說得特別長，本來在母親第一次說芮珂「聰明」的時候，管理員已經可以向她確認相處下來的評價是否正面而掛線，就像對莫藍母親的一樣。這樣就不會引發到後來揭發關於認識莫藍的事。她相信管理員是想要刻意要借她母親的口，套出她是算計過才接近莫藍的事實。

她氣憤歸氣憤，但她在憂心忡忡的還有別的。如果評議早就知道她刻意接近莫藍的秘密，因而覺得這段過於人為的關係並不恰當、不會穩定長久的話，他們大可以在更早更早的時候直接宣判考核失敗，無法獲取證照。然而評議會卻容許兩人一直通關，所以說，「幸福演算紀元」經常掛在口邊、只有優良基因的未來世界，也默許這種特質繼續遺傳？

在芮珂困惑到怎樣都無法得出答案之時，管理員恭喜他們順利得到了4分，看著懸在桌邊的話筒的兩人面面相覷，找不到值得慶祝的原因。

莫藍不否認芮珂是個聰明的人，她聰明得讓他以為是自己在交友程式選擇了她，繼而也讓他以為是自己「選擇」和安全的她開始交往。他突然覺得，自從認識了芮珂後，他一切的命運好像都是她的手段。他自以為因未知的人生，只是她在精準計算過後得出的必然。在認識他之前，她就一直在背後默默操縱另一個人生命的每一步。莫藍對自己居然還認為她是一個安全的選項而感到太過幼稚。愚我一次，其錯在人；愚我兩次，其錯在我。

「管理員。」莫藍往空氣大喊，仍然為著不知道眼要望向哪而感到窘迫。但好處是，無論往哪個方向說話都會得到回答。

「／請說。／」

聽見莫藍叫出管理員，芮珂一時情急用力抓緊他的手臂。沒有聲嘶力竭地辯駁，只是低聲說出一句：不要這樣做。

早在開始前管理員就提醒過申請人在考核中途可以隨時叫停，只是退出則當失敗論。芮珂最大的惡夢就是怕莫藍此刻已經不打算要和她繼續在一起，留在這裏考取穩定交往證照只是笑話。對她而言，失去莫藍和他擁有的一切，就是她能夠想像到最大的懲罰。

她不知道，莫藍此刻其實並不在意。

莫藍看著平日冷靜的芮珂此刻冷汗直冒就不禁覺得可笑，他亦無意再唬嚇她。他讓她放心，他不會輕言退出考核。

「雖然我們的出發點不一樣，但和你一樣，我也有要得到證照的理由。」莫藍靜靜地看著芮珂，眼神透著柔和的光芒。他在那片和艾麗絲看過的海學會了世上最慈愛的溫柔，可以包容世間的一切。

芮珂對莫藍沒有絲毫責備的跡象感到訝異，甚至些許戒備。莫藍知道此刻他要向芮珂交出一個讓她可以取信，甚至原諒自己的原因。只有倚靠對方，他們才有獲得證照的可能。

「我們永遠只記得比上不足，卻忘了比下有餘。」莫藍說自己可以理解，這不是芮珂的錯，事實上這亦是他所相信的。窮人會因為貧苦而去奪取別人所擁有的；而壞人只是因為那是不屬於他們的，他們就想奪取。

莫藍也是在這之後才更切身地明白為何芮珂會如此支持「幸福演算紀元」，甚至認為「穩定交往證照」來間接篩選基因是對的做法。他們一直都是對的。生育的確需要被規管，如果能更早落實類似的政策，一對缺乏生產力，而且貪婪愚蠢的父母就不會生出聰明但更貪婪的下一代，跑來禍害真正對社會提供生產力的人口，甚至意圖透過關係傷害他們。經過繁殖，特質遺傳下去的作用不只是傳播，而且還會加劇。好的基因會變得更完善，但壞的基因只會變本加厲，各跑極端。莫藍從未想過，自己會如此認同「幸福演算紀元」的存在必要。

為了讓芮珂放心繼續考核，莫藍向她自嘲：「評議會一直在說，頭腦精明的人會傾向提供更多的生產力。可是，卻看不出這個被算計過的我也不是這麼聰明？」

「如果我不是這麼差的話，」被逗笑的芮珂歪歪頭，以一雙似是可以看穿一切的雙目直視他：「你也不會選我吧？」

彷彿要告知莫藍，她也知道。

「你會選擇我，也不是因為喜歡吧。」

芮珂的話讓莫藍心底一寒。關於芮珂「安全」的原因，莫藍一直收得保密，甚至沒有和任何人明言過這一點。這樣一說，是代表她也知道這個理由嗎？

也許交往下來，談的就不是「知道」而是「感覺」。

芮珂頓時走近牽起莫藍的手，突兀得讓他不及縮開。

「莫藍，我們只是身於不同階層的壞人。」她說一個人的好壞，跟他貧窮富有、聰明愚蠢都無關：「兩人走在一起，是因為他們各懷絕不純正的動機。」動機，才是最精確的演算法。

比起心寒，莫藍心中湧現的更多是歎為觀止。芮珂真的很聰明。

「對你來說，我是一個壞人嗎？」莫藍想知道芮珂的答案。因為他撫心自問，用安不安全作為選擇伴侶的條件，不就只是和「穩定交往證照」一樣求個穩定，算不上是甚麼壞人。

可是，他亦知道自己對芮珂宣稱的愛意並不是最真實的，尤

其是他領會過魂牽夢縈的愛情、感受過驚天動地的心動，知道真正的愛並非這樣。

這一點他確實是難辭其咎。而且，直到此刻，他仍然懷有芮珂還不知道的秘密。

「這個問題很沒必要。」芮珂沒有直接回答，而是指向電話：「或者這樣，你就能相信每個人都是壞的。」

就算芮珂不是這樣說，莫藍也難以抗拒想要得知親友在背後怎樣評價自己的好奇，要不是有這種機會，一般人永遠不會知道最親近的人是怎樣想我們。

管理員致電莫藍寫在名單上的朋友。話筒另一端是莫藍在足球隊的隊長。莫藍本來只是個閒來玩玩的門外漢，縱然表現平平，他仍然鼓勵莫藍去參加甄選，最後還選上了。這段經歷讓莫藍在藝術大學的校園生活生色不少。雖然他從沒明言，在心底盡是感激。

「你再說一次這是甚麼機構的訪問調查？」隊長警戒地問。

「／我們是報道W城運動相關新聞的傳媒，正在隨機挑選一些曾經在大學校隊出賽的前球員……／」

看來管理員也沒料到隊長突如其來的追問，在W城大家對陌生人的戒心一般都不高，在政策的層面而言這正是「幸福」的現象，像隊長般慎戒的人只屬少數。基於保密條例，評議會在這關不可以讓受訪者知道這是來自生活品質評議會的考核內容，只好針對受訪者的身份借用一些機構名義讓他們信服，藉以問出評價。可是遇上事事謹慎的隊長，莫藍似乎能從廣播器的沉靜裏面聽出管理員也有措手不及的瞬間。

「我不建議。不建議你們找莫藍。」隊長回答簡潔，像一口釘深深打在莫藍身上。

管理員先是靜默，當然不會放棄追問隊長口中的「不建議」。在短短一通電話，莫藍聽到了這輩子也沒聽過的評價。怠惰、沒天份這些莫藍也可以理解，可是說他人緣不好，甚至聽過很多不利於他的傳聞。莫藍這輩子與人為善，想也沒想過這些詞彙會用來形容自己。理所當然，隊長和他的相處評價都被視為負面。

在通話完結之前，隊長還不忘叫住管理員：「要選球員做專訪的話，隨時找我。」

管理員掛線，莫藍把頭埋在雙臂之中不想和任何視線對視。莫藍失望不是在於沒有得分，也不是在於隊長是一個虛偽至此的人，而是他怕事實是自己其實並不這麼優秀。和他相處的人，其實真的不怎麼快樂。

艾麗絲的離開也是因為不夠快樂嗎？

莫藍不敢相信即使自己的父母都是成功人士和大好人，還不是生出了像他不可理喻的下一代。遺傳論也是講機率，並不是絕對的。莫非，他就是那個機率極小、可是確實存在的大錯誤嗎？

「不，」芮珂說她不這樣認為：「每個人都有壞的部分，即使是你的父母也可能是一個壞人。」她著莫藍不用如此自責的是，醜陋的部分也是遺傳而來的。

站在旁邊的她向他伸出手，使勁讓一蹶不振的人借力站直身子。

不論對方對他的抹黑是否出於自私的爭勝心，聽過了這樣的評價，莫藍知道自己再也不可能像往日一樣和他嬉笑。如果和自己相處真是這樣糟糕的話，莫藍也不知道要如何面對自己──

「沒關係的，」芮珂抿唇，對要說的話略顯遲疑：「擇友還是擇偶都一樣，如果你只執著於他的壞，那你永遠無法體會任何人的好。」儘管，人性大多只存在一丁點的好。

他感覺到，她是刻意確保眼神有和他對上才說下去。

如果每個人都殘缺不全，就不存在任何人不夠完整。

芮珂有她的好，莫藍是知道的。尤其是連續在兩個朋友身上得到了負面評價以後，他就更加體會到芮珂所說的話不無道理。每人都有他們壞或好的一面，視乎抓著的是哪一個視點。就像基因，也有顯性和隱性之分。

結果莫藍寫在名單上以為會願意傾力幫忙的三位朋友，只有一位沒有在背後說他的不是。莫藍不禁質疑自己在交友方面的眼光和能力，到底出了問題的人是自己還是他們？可在這刻，管理員透過廣播作出的小總結得到了兩人的注意。

在他們選擇的七位親友中，暫時得到的分數是5分。管理員提醒，如果要通關的話他們就必須在餘下的三位受訪者中得到至少兩份正面的評價。他說得對。通過考核是莫藍來的主要目的，到了現在，他更確定自己需要證照。

「／考核是否要繼續進行？／」管理員問道，芮珂將目光和決定權一同拋向莫藍。她以為管理員在問的是他們要不要繼續這段彼此都動機不純的關係，她知道莫藍和自己選擇對方的原因，某程度上都是在追求「安全」。她從莫藍身上拿到的是生活無憂的安全，而莫藍則在她的身上找到情感的安全。這些正是這段中關係最大的穩定劑。

她不知道，莫藍的心思早已經飄到別處。

「不是我的話，你會想是誰？」莫藍反問她，輕笑間已經讓她得悉答案。芮珂嘗試從莫藍的角度去思考自己是否一個值得交往下去的人。就算不和她在一起，其他人也可能一樣抱著不單純的動機來認識他。面對真小人他只需寬容，面對偽君子需要的卻是無時無刻的警惕和質疑。不走運的話，下一個接近他的人甚至更差。那倒不如，選擇一個已經知道她醜陋在哪的人。

只有莫藍肯定，她對自己真正考取證照的動機和目的還是毫無頭緒，而這無疑是最好的。

芮珂只是對莫藍不放棄的決定表示安心，穩定度高的關係果然如是。她拉起莫藍的手，作出那個輕輕一握的小動作，對他喃道：「祂把我們安排在一起，總有原因。」

「在甚麼時候你開始信神了？」莫藍對一貫理性的她竟然會說出這種話略感驚奇。

她歪歪頭，調皮笑道：「在你出現之後。」

沒有太多時間讓莫藍深思芮珂所說的話，第四關的測試繼續進行。而奇妙的事就在這裏出現。名單上的最後三人是芮珂的大學導師，選擇填寫他們是因為芮珂兩人當初對這關的內容一無所知，膚淺地想著他們的學歷知識可能派得上用場。要是兩人知道這關其實是評議會在對申請人做類似於品格審查，他們根本不會填上這些可能連芮珂是誰都沒記住的人。

管理員扮成是芮珂求職的僱主，向她的碩士導師詢問表現。很多公司在求職者申請職位時，都會要求他們填上審查人，好等他們可以向其前僱主或老師查問工作表現。重新用話筒旁聽對話的芮珂緊張得屏住呼吸，皺著眉頭壓低聲線向莫藍抱怨：「教授現在肯定覺得很奇怪。」通常學生在寫上老師作為審查人的時候，都會先告知他們有這樣一回事。不這樣做的話，對方在接到電話的時候就會很困擾，甚至可能感覺被冒犯。

教授那端一直沉默，半晌後才傳來回答：「芮珂……不錯、不錯吧。事實上，她是一位很優秀的申請者。」

管理員鍥而不捨地追問教授，能否具體說出她在哪一方面表現出色，似是斷不會這樣輕易就讓申請人拿下一分。這下子教授倒變得不耐煩，但他仍然保持一個知識分子的高雅。

「先生，總之我教過的學生肯定都很優秀。」

於是教授就這樣失陪了。莫藍和芮珂又驚又喜，想不到教授連芮珂是誰都記不起，反而不會說上她的任何不是。如是另一位教授，兩人有驚無險地攢夠了分數通過評議會的品格審查。

「信用……」芮珂想起曾經聽過遠方有個城市，每個市民都會有自己的信用值戶口，而他們的信用值的高低就是反映他們的朋友、同事、家人有多相信他們是一個好人。評議會設計這一關，或者也是希望借鑑從中的方法，從另一面向窺探申請人的相處體驗為何。

而評議會作為官方機構引用這套系統作為考核參照，讓芮珂猜想這是否意味著未來 W 城亦會跟從。光是想著就覺得透過別人來定義一個人的系統就覺得可怕，莫藍剛剛可是被朋友背叛。要不是從父母和芮珂的老師手中挽回分數，他們兩個可是用隻言片語就毀了莫藍和她的人生。

想到這點，莫藍也不禁唏噓：「沒想到連你是誰都不知道的老師，竟然比起我多年的朋友更好。」他始終無法得知這是出於際遇上的嫉妒，還是他在不經意間得失了他們，讓他們和自己相處中只有得到負面情緒？抑或有一種可能是人與生而來就有著惡意。單純期待著別人的不幸。就是某些人簡單的快樂。

「果然，人都不應該靠得太近。」芮珂總結般說，剛說出口心中又冒起自己的秘密在莫藍面前表露無遺的愧疚，馬上將話鋒轉至莫藍聯想背叛他的朋友，而不是搬石頭砸自己的腳：「除非你肯定自己真正地認識他，知道他們是安全可信的人。」

「／可是你不靠近，又怎能真正地認識他們？／」管理員突如其來的插話讓氣氛頓時突兀起來，兩人沒再回話，廣播器那邊又回復死寂。

他留下芮珂一個人在苦思那句話：「他是甚麼意思？」她向旁邊的莫藍發牢騷。

一直在聽的莫藍若有所思，好像獲得了甚麼啟示一樣。

「或者他的意思是，在關係中受傷是無可避免。」在知道火種危險之前，必然有人先被灼傷過，以後的人才懂原來火是燙手的。

沒聽清楚話語重點的芮珂輕按莫藍的指頭，輕聲說著：「然後你知道了，也不可能完全避開它。人總得用火來燒水煮飯——」不過，之後的人都會學懂小心和提防。

芮珂只顧開解莫藍不要深究朋友們為何要說出那些話，如同她也不知道教授們評價她的「好」到底是源自於他們在後天所接受的高等教育，還是先天而來相信「人性本善」的良善基因。既然不得而知，也同樣不需深思。

從科學數據上，先天基因在一個人之中或者真的佔上影響性的比重；可是良知是非，又是否真的單純是與生俱來，可以經過編輯計算而承襲的基因這麼簡單？這個是屬於「幸福演算紀元」的問題；而在此刻，管理員在廣播提示兩人可以進入下一關的會場，這個是屬於他們的問題。

對比在外面無盡未知的世界，芮珂雖然已經獲得了一定的知識程度和社會地位，就算沒了莫藍，她也不會再過以往的貧困日子。更何況，在賽諾的改革下貧窮戶已經變得少之又少了。「穩定交往證照」所提供的穩定，是她讓自己無論如何都不能回到過去那段生活之中的保險手段。在這段情況下，她很清楚莫藍是她最好的選項。他們會互相扮演好對方需要的角色，在外面他們還有她編排好的人生要走。

只要不看得那麼近，就足夠忘掉這一點事實。

第五章 ╳ 從來都可以

請刪去不適用者

HAPPILY EVER AFTER

兩人步進房間的瞬間，身後的門便隨即消失，好像比起之前關門的節奏要快。被稍稍一嚇的芮珂搖搖頭，失笑自己都來到這步，不可能會被這種程度打亂心神。

面對任何考核，芮珂總會做好萬全準備：寫好自我介紹的講稿、推演任何可能出現的狀況、熟讀任何兩性關係的工具書等等。雖然在 W 城獲得「穩定交往證照」的情侶不少，她仍然不想冒險。芮珂今年二十五歲，要是這次失敗，五年後方能再次參加考核的她已過三十歲，更別論這種考核與一般考試不同，不代表多試一次成功率就會提高。另一個選擇是，她可以在不參加考核的情況下，憑自己的眼光挑選對象交往，繼而組織家庭，但她不確定自己真的可以找到長期相處的對象。她有過太多失敗的經歷，如同「幸福演算紀元」所說，每次關係破裂除了影響國民的身心健康，更會造成不必要的時間和資源浪費——就算科技使人均壽命有效延長約五到六成，一生人的時間仍然有限，評議會希望協助國民盡早找到對的人。

而芮珂想要被協助。

直到現在，芮珂都一直在反思自己在考核中的表現，無疑是一塌糊塗。她最大的錯誤是以為考核像平日的面試，是評議會讓申請人表現自己有多優秀的機會，怎料來到這裏的每一關都是她和莫藍不斷在對方面前暴露自己有多不堪。她可以想像或者不少情侶在了解到對方真實的一面後，並不希望和身旁的人走下去，更遑論共組家庭或擁有下一代。這些自願退出的申請人，在不希望國民在終會分開的關係浪費時間的評議會眼中，也是篩選的一種。

她嘗試以莫藍的角度假設，如果他只要決定自己要不要和這個女生共渡餘生，基於自己是一個安全的選項，她猜想莫藍很大程度還是會願意，萬一談到要生兒育女可能會另作別論，可幸的是，莫藍此刻似乎沒有這個打算。而芮珂相信只要成功通過考核，基於證照的準確率，她和莫藍很可能會是能夠安然共渡餘生的人。她有信心可以在未來改變莫藍的想法，讓他按著自己的意思辦。

就像她去接近他的時候一樣。

廣播器傳來雜聲，兩人不禁打醒精神準備聽取管理員的指示。

莫藍在這刻早就沒了心驚膽戰的焦慮。留下來，只是因為他有非得到證照不可的理由。

芮珂輕拉莫藍的衣袖，他這才注意到他們所在的房間沒有桌椅，也沒有其他任何設施。無縫的白牆空空如也，這個配置讓兩人感覺不太好。用上如此空曠空間的考核，多半不是要填考卷或打電話這類靜態活動。

「／在這個關卡，申請人只要依著地上的白線走……」

管理員說罷，光滑的地板上突兀地浮現出一條憑空投影而成、半透明的白線，與原本純白色的亮面地板、略略反光的材質明顯不同，帶著一種微妙的浮光。投影出來的白線看似不實在，卻和先前他們在大樓見過的所有投影物品一樣極具存在感，一直從他們所在的位置延伸到對面牆壁的盡頭。

「只要走完整條白線，腳步不要掉出框線就算過關。／」

芮珂聽罷潛意識挪動腳步，發現這個房間的地板亦是等待區的光感地板，她一換腳而站，感受到重量變化的地板就在她的腳步範圍晃出了一個完美的光圈。儘管眼前的設計使人眼花繚亂，芮珂完全無暇欣賞。只要參考前面任何一關，就會知道評議會斷不會給出如此直接容易的考核，他們不可能在第五關考核申請人能否走直線，這又不是小學的體適能課。

果不其然，管理員就作出補充。

這個關卡中，申請人會輪流接受考核。

管理員似乎不打算再作出闡釋，便著莫藍先移步到起點準備。芮珂向他投向擔憂的眼神，並不知莫藍對自己在這關即將要面對甚麼，已經毫不害怕，也不知道自己真正最為懼怕的事，早就發生了。

思路走到半途，房間周遭的燈光就黯淡下來。後方的芮珂感到自己所在的空間和莫藍的被切割成兩半，自己仍在房間，而莫藍好像在一個黑沉沉的空間不停沉降，很快變得伸手不見五指。

在莫藍的視角中，他並沒有覺得自己下墜，反而很清楚自己一直在同一個高度的地面上。「唰」的一聲燈光全開，強光使雙眼一下子難以適應，但首先竄入耳窩的是一連串的雜聲。他認真細聽將雜聲區分起來，發現裏面有此起彼落的人的談笑聲，夾雜著玻璃酒杯清脆的碰杯聲，背後最遠的，是古典的背景音樂。

他隱約捕捉到幾個斷續的音符，像是從雜亂中輕輕滲透出的微弱氣息。觥籌交錯的音符起初過於零散，不規則地飄蕩在空氣裏，輕得被周圍的喧嘩吞沒了好一個段子。他眉頭微微一皺，試圖抓住甚麼。一個音階緩緩升起，接著落下，旋律開始隱約浮現，如同夜空中一顆顆稀疏的星慢慢在迷霧中找出指引記憶的路徑，直至那熟悉不過的音符起伏讓他回到那個熟悉的地方。

這首曲是 Für Elise，《給艾麗絲》，貝多芬在三百年前為愛人而寫的迴旋曲。

斷續的聲音逐漸連接成片，溫柔的旋律像是在喧囂中穿行的溪流，細細淌過莫藍的耳際。在與艾麗絲交往期間，莫藍很常找機會將這首歌播給艾麗絲聽。他沒有德意志音樂家的浪漫和才華，

請刪去一不適用者

但對於他們都喜歡同一個名字的女生覺得二人隱約有點連繫。艾麗絲聽罷總會笑話他的自負，莫藍卻將這聽成是「你也應該要為我創作」。

他的畢業畫作，多年後被他在畫廊焚燒成灰的那幅《5454》，正是《給艾麗絲》一曲首四個音符的簡譜而成。當然，當時讓他意識到就算餘下壽命有多長都覺得不夠的人，也是艾麗絲。

想到這裏，周圍的吵鬧聲彷彿瞬間在約定的同一刻全數退後，他的世界裏只剩下那些輕快又殘忍的音符，在他的腦海中仍然因為過去的習慣而拼湊出完整的畫面。樂曲的前奏如絲滑過心頭，他突然覺得還好自己有來參加考核，並開始想像會不會在關卡之中再見艾麗絲一面。即使只是投影的假象，他也願意放棄一切，只為再見她一次。

光暈褪去，視線恢復後莫藍總算意識到自己正身處某個高級的宴會場景。他回頭一看，只有盛裝的賓客三五成群地圍在一團，本來一同在房間的芮珂已經不見人影。他不可能忘記自己正在評議會大樓，根據之前幾關的經驗，他也能夠肯定這一切都是投影而來的假象。這些高聲談話的人、瑰麗的高腳桌和侍者帶來的酒都是假的，就跟熊熊大火的走火梯或在他面前被處決的人一樣。

雖然頓時置身宴會使莫藍迷惘不已，他記得這關的內容是要走完地上的直線。此時，本來純白色的亮面地板已經變成了雲石磁磚塊，但他一踏步就發現雲石上面的白線仍在，一路伸展至房間——現在已經變成了宴會廳的出口處。而他每踏一步，地面仍然保有光感，在他的腳步外低調地圍成漣漪般的淺淺一圈。

「莫藍？」他聽見遠處有人在喊他的名字，心頭一顫的他險些就錯步踩出了白線。他邁前走了一步，提醒自己必須非常小心，怕一旦腳步差錯了掉出白線就會被當成失敗。他追溯聲音的來源，發現遠處有三個人向他招手。他們都穿著和場內一樣氣派華麗的服飾，看到他，便一邊聊天説笑，一邊成群向他走過來。

直至來到眼前，莫藍才認出其中一人是澤萊恩家的親戚，只是她看起來比印象中還要年輕，莫藍忖度果然只要打扮得宜的話，視覺上真的可以年輕十年。從外形看另外兩人都是來參加宴會的大人物。不過這到底是甚麼宴會，無論他環觀場內幾次都沒

請刪去一不適用者

有頭緒。

親戚親暱地把著莫藍的手，熱烈地向賓客介紹：「這位就是董事的兒子。」

儘管聽著怪不舒服，他還是喏喏應道。

只是賓客好像沒有把他的話聽進去，逕自跟親戚繼續對話，當莫藍猶如透明一樣：「董事的少爺現在在哪高就？董事的公司嗎？」

「人家是藝術家，最近才在畫廊辦了展覽。」沒等莫藍開口，親戚就代他回答。

「好任性的工作，」賓客拿起手帕笑説，讓莫藍沒能看穿那是怎樣的笑容：「應該也是家族名下的畫廊吧。」見沒人回話，賓客接著自己的話：「我就猜到了。」

「你的舞伴呢？」另一名賓客轉向另一話題。

直到此刻，莫藍連這裏是甚麼場合都搞不清楚。平日這些家族活動芮珂大多都會一同出席，反正她一直喜歡和這些有好處的人打交道，正好免卻莫藍的麻煩。可是這次她顯然不在附近。

正當莫藍語塞之際，親戚就以替他解圍的腔調代為解答：「莫藍沒有伴侶啦。」

沒有伴侶？

怎麼可能。這句話除了讓他意識到芮珂在他們的認知中並不存在，也一併打消了莫藍在剛進入場景時，以為自己可以在關卡中見上艾麗絲一面的奢想。

莫藍忙著梳理出一切的來龍去脈，沒來得及理會賓客聽罷露出的表色更是難看，用以為莫藍聽不見的聲浪喃喃吶吶，不是吧，年紀都不小，沒有對象又沒有像樣的工作。

或者在說出口之後她們也覺得說話太難聽，又再補充了一句：「要加把勁。」銳利又不屑的目光像刀鋒一樣芒刺在背，莫藍禮貌地點點頭，趁著話題結束的空檔趕快離開。只是他一挪起腳步，地面光感圓圈的變換又使他意識到關卡要求他不能離開地上的白線。沒有選擇的莫藍只得緩步向前，走不了幾步，前路又被另一組賓客擋住。

「這不是莫藍嗎？上次見你的時候還是個小不點。」雖然對這張臉孔沒印象，但從對話臆測說話的人大概又是某位親戚或家族好友。無論是在投影而成的關卡還是現實世界，莫藍對這種社交都不抱興趣，尤其是在這些關卡過後他已經搞清楚這些投影——宴會場景和其中的人都只是評議會刻意投射出來的關卡，過關要求只是要走到房間盡頭，並沒有要求顧及和這些人現實中的關係。意思即是，他不需要像在外面的世界忍氣吞聲，或為了討好他們而勉強答話。

一旦了解到在虛擬世界所做的事並不會造成後果，他一手推開擋在前面的賓客，卻發現這人和那些投影在牆上的門把一樣，有著不知道科技怎樣做到的真實觸感。雖然只是投影，但他們在物理上卻是真實存在。莫藍剛才推了賓客一下，他的臉色馬上變得不悅，整個互動過程幾可亂真。

「董事的兒子居然會動手？真不敢相信……」旁邊某個不認識的賓客似乎目睹了事發經過，紛紛交頭接耳起來。

在這個空間，所有的聲道宛如可以透過空氣傳遞並在某些時刻放大，就似他一開始聽見的樂曲一樣，只是旁人的碎碎念沒來得悅耳。這邊有人說他遲遲沒有對象，可能是打算孤獨終老的藝術家；那邊有人質疑他不繼承公司只是因為沒有能力。明明在以人為本的「幸福演算紀元」，活用科學取締基層工作後，很多國民都可以從事自己夢想的工作，不再受家境所限，莫藍相信即使是在沒有政策的時代，家庭亦可以支撐他的藝術事業，甚至他也可以自食其力，可是為何在大多數人的生活好像都得到改善的「幸福演算紀元」，起步已經比較優渥的莫藍並沒有覺得受惠，甚至沒覺得自己幸福？

受不能離開直線所限，莫藍的移動路徑僅限於在宴會廳的中央通道走過。換言之，他被迫要走在所有賓客之中，聽他們交頭接耳的同時，清晰聽見特別被放大的迴聲在如何數落他。而在這個場景的預設中，顯然芮珂並不存在。

另一樣叫莫藍在意的是，在剛才嘗試無視並推開那個賓客後，宴會廳的人數比起一開始好像變多了。最明顯的是每個人之間的距離變得越來越迫狹，前來找他攀談的人也就越多，要走完這條白線就更困難。他想這個遞增的設定一定也是評議會在這關所玩的把戲，讓申請人不能橫衝直撞直奔終點，這樣的考核毫無意義。

然而當他環顧四周想要觀察的情況的時候，一個捧住餐酒派發的侍應剛好路過面前。莫藍從他手上攫一杯酒，但他真正需要是墊在下面的紙巾。他在人來人往的宴會廳中央駐足，將紙巾攤開放在燈光下仔細審視上面的壓花：2103 年　帝王酒店。

莫藍記得這個年份，澤萊恩家族的公司因為業績彪炳而舉辦盛大的慶祝會，場地就在帝王酒店。詳細的內容他已經記不清，因為當時有數之不盡不認識的陌生賓客來找莫藍攀談，不是在問他有關父親生意的事，就是在批評他的畫家工作有沒有發展之類煩擾的事。當時的他很早就藉詞溜開，並且從此避席這些只限上流的宴會派對。這樣正好解釋了為何親戚看起來好像年輕了許多，而他的生活中仍然未有芮珂這個名字的出現，艾麗絲亦已離他而去。

把兩件事聯想起來，評議會挑選的這個場景正是處於他發現艾麗絲懷上別人的孩子後不久、仍然一蹶不振的日子。因為當年這段經歷太難堪，才讓莫藍更加清楚自己需要一個「安全」的伴侶，免於自己再將同樣的痛苦再經歷一次——儘管他心裏明白，他將永遠不會遇上像艾麗絲如此舉足輕重的人。

莫藍在當天晚上萌生註冊交友程式的念頭。學業、事業、家庭，任何一方面做得不符合社會期望就會被批判成不知所謂的罪行，當時的莫藍一籌莫展。事業和學業都講際遇或天份，而找一個安全的伴侶去建立一個穩定的家庭，他認為是當下較易做到的一環。莫藍想，至少這樣就有三分一的他是個被認可的正常人。就此這個想法植入、萌芽，他將最適合的人選芮珂納入生命當中。雖然，他現在的想法已經不同了。

評議會不知何故得知了這一點——莫藍猜測有機會是評議會在最開始為申請人安排的身體檢測中的一個掃瞄腦部的測試，得知了哪些往事為他們帶來了最大的負面情緒，放在考核之中建成關卡。評議會刻意重塑讓申請人最難堪的場景，畫上一條要從頭走到尾的直線，且看申請人能否不逃也不避，在曾經最不願面對

請刪去一不適用者

的事中抬頭走到盡頭。

自從莫藍推開了某個擋在前方的賓客後，宴會廳的人數增加了不少，使得本來已經人頭湧湧的場面更寸步難行。評議會藏在這個現象背後的規則，就是越逃避的話情況只會變得更糟糕，所害怕的東西只會像病毒一樣以幾何級數繁衍。

套在莫藍的情況，就是那些予他評頭品足的人物。即使在未有生活品質評議會協助國民以科學分析對象，繼而管制生育的年代，社會早已自然而然地形成某種優生的篩選。人以群分，人總傾向和自己社會階級相對的人打交道。莫藍有幸生於環境不錯的家庭，自小就在這些成功的人物圈子中央跑跑跳跳，即使內心積存了很多的不滿，他仍然一直都理所當然地覺得自己屬於這裏。

直至他沒有像這裏的其他人一樣考上藝術大學，並拒絕到父親的公司實習，這個圈子看他的目光又變得不同了。

「父母都是有學歷的人，你沒可能會考不上。」當時有親戚提出過這樣的疑問，把臉湊得老近，似是要端詳他遺傳自澤萊恩家湛藍的眼睛是否造假。看懂了惡作劇的人在捧腹大笑，不知道是因為這是一個笑話，還是莫藍真有那麼可笑。

「可能只遺傳了父親的資產吧？」

「要不要再生一個，賭一把？說不定下個會更有出色。」為父親不值的賓客們認真計算，兩個聰明的父母生出蠢孩子的機會率，應該不會太高。

自此莫藍就發現，遺傳是與生俱來最強而有力的一個詛咒。父母理所當然地成為了一個模板，而評論一個孩子的所有都是基於那個藍圖而生：沒父親的聰明頭腦、沒母親的高䠷身材，每個人一出生好像就已經被某種期望定型。而沒有依照那種形狀出現的人，就是不尋常。

莫藍意識到沒有遺傳到父母成功基因的他就是失敗品。他不屬於那個上等上流的圈子，只是借投胎之運、託父母的福勉強留下來。

每當有人質疑「董事這麼厲害，兒子怎可能這樣？」家人們就會一直為他和家族解圍：「莫藍是藝術家。」幾次過後，就連莫藍也看得出親戚的眼神閃縮：「他是畫家，上次畫展賣的作品，賣了五千美元。」說的時候，他還刻意擺出五字的手勢，要用確實的數字佐證他的價值。

莫藍在很早以前已經自知，能夠在畫廊大展拳腳並不是因為他有著像艾麗絲那種叫人看一眼就醉倒的天份，只是因為這回事夠抽象主觀，夠多空白去讓人填補自己想要的詮釋，才可以蒙混說他有自己的風格。事實上，莫藍是瞞了一整個不應屬於他的人生。

而他一生人最怕的就是被人看穿這點。在外面的世界尚且可以得過且過，他們只看得到他的金玉其外；但一旦出席正統的上流場合，賓客開口閉口都是高深艱澀的話題，莫藍還未說甚麼，光是不知所措的眼神已經說明了他的底蘊空空如也。

只要他能執起筆刷，在空白的畫布上倒上顏料，父母就能為他的成就灌注一個價目，而且那將會是一個讓人瞧得起的價錢。

眼望前方，還有大概一百米左右的路才到白線的終點。莫藍只見夾道兩旁都是在打量他的賓客，一手掂住酒杯邊緣，一邊對自己投以品評的目光，眼神盡是在唾棄紅酒不夠香醇的不屑。「在這種場合，不夠格的酒釀就不應該奉出來給客人吧。」他們如是說，但眼睛在看的是他。

莫藍默默打量全場，估算要走完這段路至少還得應對二十多個像這樣的賓客。評議會很清楚的是這種場面、這些隨時會被人拆穿他沒才華沒成就的底蘊是他最大的夢魘。每次和家族出席宴會，莫藍都感覺他在把自己擺在一堆貨真價實的高級品之中，只有他一人是贗品，而且隨時輕輕一句就會被揭穿。他偶爾會做類似的惡夢。夢境有時候會像現在擠滿人，也有時候只有他一個在空蕩蕩的華麗大廳。

他真正懼怕的，是承認他們所說都是對的。

在莫藍和芮珂交往初期，他就知道她是不折不扣的新政策擁

護者。莫藍對「幸福演算紀元」的意見是，他自身就是一對優秀基因結合而成的失敗品，如是的話，評議會想要透過基因篩選來建構美好的下一代的未來，又有多少把握？就算是百分之一的機會率，對自身就是結果的莫藍而言，那就是「一」的必然。

「其實，莫藍真是澤萊恩家的兒子嗎？」人聲鼎沸的宴會廳頓時鴉雀無聲，這個問題鶴立雞群地在謐靜的環境被無限放大。在場的每個人都望向莫藍，心裏抱著同一句不敢宣諸於口卻明顯不過的疑惑。

他和芮珂兩者都從不同的起點和路徑證明了一點：遺傳不是絕對的。

芮珂的父母可以生出聰敏的孩子，甚至可能有點太聰明——所以既然這樣，優秀的父母也絕可以生出一個平平無奇的孩子。莫藍要付出的努力，不是吃力地留在一個格格不入的圈子，而是要承認自己的平凡。

他想起母親在上一個關卡說過，他是她活著的理由。沒有人比他的母親更清楚他的能力，所以在撇除一切誇大其詞的吹噓可能後，那必然是真確無疑的。

遺傳應該是一份禮物，不是一個框架。

「你曾祖父和祖父、來到你父親的一輩，每一代都是非常讓人尊敬的男子。令尊經歷過一段很艱難的時候，但他還是一個人堅持過來才有今天的業績。有這麼厲害的父親你不可能做不到。」又一個濃妝艷抹的賓客拉著莫藍說話，父親打拚的故事他已經聽得倒背如流，但她仍然不讓莫藍離開。

根據這關的狀況他既不能離開白線，也不可以推開這裏的人，不然這些麻煩只會越來越多。事實上，莫藍一生人也是一直在採取逃避他們的方案，所以長大後才會避席這些場合，世界對他的這一片期望就一直懸在半空，沒有得到解答。

「說做不到其實只是懶惰，你應該要學學父親當初守業的堅持。」另一個親戚聽見，隨意就加入了對話：「他當年真的不得了，所有人都看扁了公司很可能會倒閉，但最後還是一個人成功挽救了家族的祖業。想不到兒子竟然會不出息……」

「莫藍，認真的，打算甚麼時候認真起來？」原來的賓客不耐煩地追問，覺得他的默不作聲也是一種無禮。

「可能要到我遺傳到父母的頭腦才可以。」莫藍抖擻精神，抬頭直眼望住賓客回答：「很可惜，說到遺傳的話，下一次機會最快也要下輩子。」

就這樣，賓客臉上都露出了難看的表情，在前面擋住的人也頓時少了許多，莫藍想那是因為同樣的解答，他們也不想聽第二次。

宴會廳的彼端是另一扇門的出口，白線到此為止。莫藍回頭再看的時候，全場的賓客都把目光放在他身上。以往他肯定會覺得這樣難堪得要命，可是當他意識到自己本來就和這群人相差得太遠後，就突然明白他們把自己當成異類也是理所當然。

他們只看見我們不同的地方，卻沒發現人都帶有共通。

或多或少，每個人身上都帶有一些壞基因。自卑、惡意、排斥。已經長成完人的他們無法再被編輯並消弭這些負面基因，只能設法將好的基因發揮到最大可能。

然後祈求，下一代有夠幸運可以遺傳到我們比較好的一面。

還在一副嘩然的賓客逐漸開始碎碎念，莫藍的視線忙著在人群中搜索，有一個人，即使終點在前，就算不惜再經歷一次也讓莫藍想要回頭找到。即使這些都是假的投影，人們反應甚麼都極其像真。

最後，他在不遠處發現了另一個人。

在這個投影世界，他比莫藍記憶中還要年輕得多。時代久遠，在決定不繼承後，他和父親就甚少再有促膝詳談的對話。過節時，莫藍回家探望，父親會不著邊際地隨口探問他的創作，而每次莫藍有作品畫好時，畫廊和評論家都會接到電話。

仍有一頭黑髮的他挺直腰板，莫藍彷彿看見那些事蹟殘存在

請刪去一不適用者

他身上，以致整個人就算不說話，背後一股無形的氣場仍在。莫藍肯定自己的眼神有和他對上。或者他也意識到這一點，緩慢地搖頭，就此轉身再度融入對他兒子不屑的人群當中，把身體傾前，在所有人的耳中說著悄悄話。

在他轉身一刻，莫藍就記起了。這家酒店和父親買下的畫廊合作，一口氣買下了十來幅抽象畫裝飾內部。在宴會廳芸芸的畫作當中，莫藍的父親只掃視了某幅作品一眼。

那幅畫佈滿了交錯纏繞的流動曲線，如同無盡漩渦，卻又以某種邏輯保持奇妙的秩序。每一道曲線都帶有獨有的弧度，沒有一道是相同的，層層交疊之間形成一種隱約的動態，彷彿畫布本身就在呼吸。曲線上覆蓋著細碎的光點，仿若有一縷微弱的光波在箇中舞動，試圖從一閃即逝的力量勾勒出一整個宏大的宇宙。

如果有人來問，莫藍會急不及待告訴他們，這幅畫作在畫的是 DNA 的雙螺旋結構。複雜美麗的基因連繫著上下兩代，以至整個家族。本來脆弱的生命絲線亦因而變得堅韌。

儘管父親從來不過問，但那一下眼波的餘光，莫藍將之理解為他的失望。然而如果他自身失望，那就代表他賦予的支持是盲目的。莫藍極力説服自己，愛有很多形狀。

當莫藍的腳步離開了白線的最後一吋，整個宴會廳連人帶物的投影就像關機一樣熄滅。房間重回白茫茫的一片，遠方的芮珂還在起點原地，向他揮手微笑。

莫藍終歸還是沒能向任何人説出雙螺旋的故事。

循著她視線，莫藍身後的白牆隨即出現了通關字句：

接下來，管理員指示莫藍留在原地，他們猜測那是因為變回一片空白畫布的房間正要準備切換成為芮珂而設的場面。管理員

向莫藍表示如果他留在原地，就可以觀看到芮珂的場景和過關狀況，但他在這端有甚麼動作或說話她都不會接收到。

「／莫藍先生。／」房間慢慢開始出現微弱的投影，看來還得一段時間才能完成完整建構。管理員在這個時候喊叫他的名字讓莫藍難免覺得突然。

「／我想你知道，我們只是在盡力。／」

莫藍心中一驚，他不確定芮珂在這個階段是否已經開始考核。他不想冒上單向通訊還未啟動的風險，決定抿嘴不談，以免說出他不希望芮珂知道的事實。

但，莫藍想著想著便聳肩，芮珂早晚會知道的。只是他肯定，不是現在。

管理員當然知道莫藍此刻的腦袋是為著甚麼而運轉，但在這個考核中，並不需要拆穿莫藍那件事。他在那個關卡後想告訴莫藍的是另一件事。

「／基因篩選，只是盡力而為。／」

管理員續說，基因遺傳的確不是絕對的。只是如果有一絲機會能讓下一代變得更優良，維護國民生活品質的評議會都應該要去作出最大努力的嘗試。資源有限，汰弱留強也是本來的物競天擇。只是配合科技，同時考慮國民自身意志而不將參加考核定為必要條件，政府相信 W 城可以更人道也更有效地作出選擇。「以人為本」不能忘記的是未來的下一代是人，現在和過去的上一代也是人。

莫藍聽著聽著就自然皺起眉頭：「你知道，你不需要跟我說這些。」

「／你或者未必明顯體會到基因遺傳對一個人的重要性。」管理員一直透過廣播器說話，莫藍無法從而得知他的語氣或表情：「但這是一種可見將會成功掌握的技術，屆時優良基因的遺傳率可以透過編輯工作大大提升，同時壓低負面基因的遺傳率；透過證照鼓勵，間接管制合適的國民生育，只是這項技術最初步粗疏的篩選。／」

莫藍沒回答他的話，任由這段對話在寂靜中消逝。他知道評議會要說服他的理由，但到了這一刻，他實在不能在乎更多。

為芮珂設置的場景還未準備好。莫藍走近身後寫有「通關」的白牆。把手隨意一揮，牆上本來只寫有「第五關：誠實」頓時隨著莫藍的手部動態縮小，隨即切換成通關的數據總覽。

（1）勇氣、（2）智慧、（3）力量、（4）信用……

體感時間過得快，莫藍差點忘了在上一關的「信用」他還是得靠父母才能通過。一生都在仗靠家族，要他們幫忙才能混到學位、得以舉辦那些根本無人問津的畫展，就連來到人生最重要的一個考核，也得託他們幫忙才過關……

莫藍心中唯一的擔憂是，父母日後不要太過後悔今天的決定。

想到這裏，本來空無一物的房間轉眼已經變成深木色的古舊建築、中央彩色絢爛的玻璃畫窗璨爛奪目。回頭一看，剛才莫藍場景的宴會廳後方多了一排排整齊的木製長椅，中間是鋪滿鮮花的通道，非常氣派，通關要求的白線落在通道的最正中央。而通道盡頭的人就是芮珂。

房間變成了神聖莊嚴的教堂。

莫藍腦海響起了迴蕩不停的沉沉鐘音。

這一關的重點是要申請人面對心底最害怕的場景。而芮珂在這一關看見的，為何會是婚禮？

莫藍越想越不對勁。芮珂想要和他組織家庭，她從一開始就説明這一點，在這之前兩人亦去過探視不少婚禮場地，她計劃兩人在取得「穩定交往證照」後，下一步就是走進這個殿堂。

而在關卡中，芮珂明明已經向莫藍承認接近他是出於想要貪求安穩生活、脱離貧困階級的企圖，莫藍直至今天來到評議會才意會這一點，對她來説應該是莫大的成功。

為甚麼婚禮會是她在內心最恐懼的一環？

「管理員，你肯定不會弄錯了甚麼？」先前被告知在投影場面建構後，莫藍知道自己的動作和聲音都不會被考核的人聽見，所以決定開腔提問管理員。

管理員的答案是，評議會對申請人的數據，無論是生理還是心理都有十足的把握和認知。無論是考核和結果都不會出差錯。

説罷，似是生怕莫藍沒聽明白，管理員刻意再補充一句。

「／評議會對於頒發的每一張證照，都是非常嚴謹的。／」

莫藍當然知道管理員為何會對他説上這種話，可是這不是他要擔心的問題。他抱持半信半疑的心態繼續靜觀芮珂那邊的事態發展，越看就覺得越是不妥。

首先以現在 W 城人的認知，宗教在上個世代的人之間是非常流行的信仰，換個説法，W 城現在最多數人信奉的宗教就是日新月異的科技，發明家就是他們敬重的教宗。由於 W 城城內的教堂數目已經不像往日般多，像是芮珂和莫藍沒有宗教信仰的兩人一般並不會考慮在教堂舉行婚禮，所以連在芮珂每個週日興致勃勃地拉著莫藍去視察場地的時候，都沒參觀過這類場地，莫藍對這個場面可謂一點印象都沒有。

身在通道盡處的芮珂表情仍是一片迷茫。莫藍能夠理解，剛才他在考核當中也得花了一段時間才意識到自己身處的場面是甚麼一回事。可是讓他覺得更為在意的，是她的一頭及腰、酒紅色的鬈曲秀髮，從莫藍認識芮珂的時候，她的頭髮只有剛好到肩膀，她告訴莫藍那是蓄一個俐落乾淨的髮髻最佳的長度。在他們交往的一年間，髮尾只要稍稍過肩芮珂就會直奔髮型屋修剪，免得髮量一多，梳起的髮髻就會厚重不堪。

染上自然酒紅色的髮尾微微鬈曲，看上去就花了不少心思打理。莫藍沒想過紅髮的芮珂會是這副模樣。長長的柔順秀髮充滿光澤，配合陽光穿透教堂玻璃折射，散落的光線打在她的頭上，髮頂的圓頂頓時出現了一個光圈，好比天使的聖環。

請刪去一不適用者

而且，在這個場景的人並不只芮珂一個，旁邊還有一張莫藍熟悉的面孔。

「這個地方很不錯吧？」春風滿臉的人是芮珂的母親，她笑意盎然，用手肘輕撞芮珂。莫藍想起，這個就是剛才在上一關的話筒之中，那個對女兒感到異常自豪的母親。

芮珂一時語塞，看來應該還沒適應到太真實的虛構場面。莫藍深明那種感覺會讓人覺得好不實在，明明記得自己上一刻還在評議會考核，但眼前的一切都真實得毋庸置疑。唯一可以信賴的就只有自己的意識，但評議會的高端科技幾可亂真，加上情緒渲染，有好些時刻都會有自己就是身於場景的錯覺。

芮珂母親見她沒有回應，逕自又說：「我說這個男人比較靠譜吧。家底可觀，而且還承諾不需『穩定交往證照』就和你結婚，還馬上可以給你的姊妹提供工作機會。你看他這麼有誠意，怎麼都比你那個吊兒郎當的目標更可靠。」

莫藍沒有說話，像在話筒另一端的時候一樣，繼續扮演沉默的觀眾。

「你這麼聰明，肯定知道這個人比較穩妥。那個畫家你不是才剛見過幾面嗎？上次你才還在觀察階段，還沒把握可以成功認識他，更何況想要交往？」母親力勸她應該盡快停止投資時間在沒把握、回報低的關係之上，口吻和評議會如出一轍。「幸福演算紀元」最厲害的是它以人為本的原則可以讓極大多數的國民在不同的方面受惠，就連是芮珂母親這種對社會沒有獻出生產力、評議會最想剷除的基因，也會對政策本身讚不絕口，甚至成為它的信徒。叫人不容質疑，「幸福」的力量就是如此強大。

多虧上一關，莫藍已經知道了芮珂母親和她一樣都在覬覦家族的資產，可是莫藍一想起平日芮珂母親對他還不錯，每次到訪都關懷備至，他做夢也想不到自己在認識芮珂初期，她會對自己如此不滿。不過轉念一想，莫藍暗笑自己還不是沒想過芮珂一開始會為了接近他而作出長達一個月的跟蹤。莫藍分不清到底是自己太好騙，還是她們這種人實在太在行。

他大概從她們的對話中得出場景大概的狀況。這個時間點應

請刪去一不適用者

該是芮珂在他面前現身之前，有一個條件更不錯的人追求芮珂，而且已經發展到為她準備婚禮會場的階段，只要她一點頭就能享有衣食無憂的以後。按照芮珂母親的說法，那個對象的條件可能比莫藍還要好，那時他甚至還未知道芮珂的存在。莫藍想不明白的是，眼前這些不正好是芮珂所追求的嗎？就算不是，這一幕又何以會是她最害怕的過去？

教堂除了她們二人，似乎還有零星其他人在場。母親見芮珂遲遲沒反應，覺得沒趣便打算轉身去視察場面的華貴。臨行前，她給駐足在通道起始的芮珂留下提醒：

「你只要和那個人走完這條路，我們一家人都不用愁。你記好，這可是天大的好機會。」

莫藍不知道的是，芮珂母親在這之後說的一句，讓她至今仍難以忘懷。

她說，結婚不是去選擇一個喜歡的人，而是選擇自己下半生的生活方式。

芮珂知道孩子理所當然會帶有父母的遺傳，但始終有些時候，她還是不希望孩子太像自己。

如同芮珂母親不希望芮珂像她。

莫藍不太清楚芮珂母親的過去，只知道她們家裏一直非常拮据，憑藉官方的援助金補貼渡日，當然，那是在「幸福演算紀元」面世前很久很久的時代。莫藍不知道芮珂父親是不是一個她想要的人，但從兩人離異的結果而言顯然這個並不是她想要的下半生。她的人生過完大半，但芮珂的正要開始。芮珂母親不厭其煩多加提醒，為的只是不願看見下一代重蹈自己的覆轍。

遺傳的力量太強大，使得每一個人都得背負上一代的某部分而生。

不過在下一代長成為上一代時，人又應為著甚麼而活？

芮珂母親離開後，莫藍離遠看見芮珂深深吸嘆一口氣，猛力搖頭，莫藍猜測這是她終於記起這個關卡的重點是要走完白線的

時刻。宛如瀑布的秀髮在她身後擺動，預演白色頭紗的婀娜。她在花團錦簇的通道邁步，才走了幾步又戛止。走過通道的莫藍知道在這個關卡，白線上會出現的人不會只有一個。

這次在芮珂身旁出現的人是她的親姊芮妲，家人都來齊，看來這次婚禮場地的視察比莫藍想像中要認真。他對芮珂家中排行最大的姊姊芮妲沒有太深印象，而且在投影中的她換了髮型，讓他花了點時間才能將眼前的臉龐和記憶對上。莫藍記得芮珂提過她是個平實又不幸的女人。機遇不夠、際遇不好，芮妲比芮珂大上好幾年，她出身的年代還未趕上「幸福演算紀元」，從事勞動工作，收穫往往不成正比，一直過著朝不保夕的生活，母親對此當然甚為不滿。像政府所想的一樣，他們想要留下的是會提供可觀生產力的人，不是消耗共有資源的個體。但芮妲是善良的人，芮珂總會這樣補充，所以以莫藍認知，她們感情一直很好。

「我聽說那個人答應會給我們安排好工作，」芮妲在她身旁說著，瞟向在遠方一直盯住她們的母親，刻意掩嘴壓低聲線：「但他不是……有點奇怪嗎？」說罷，芮妲掂起芮珂的長及腰際的髮尾，喃喃道，這個顏色顯得你好像妓女。

芮珂被芮姐逗笑了，不小心惹來了母親的目光，芮姐隨即佯作在幫芮珂整理瀏海，忍住笑意的嘴角卻不往顫抖。莫藍聽見芮姐說，讓你去和他前女友做同樣髮型的人，肯定有點問題。

「他怎會想得到，帶你去酒店被你見到一幅畫，會讓你印象深刻得要去把畫它的人找出來吧。」芮姐不帶惡意地笑說，你也有點問題。

莫藍聽到這裏，渾身起了一層疙瘩。她說的，難道就是……？

「如果你覺得這個人不夠好，就往那個畫家賭一把好了。你是家裏最聰明的一個，我們都相信你。」芮姐故意將這句的聲線壓下。

芮珂環顧莊嚴偌大的教堂，很清楚她們這種人，就算是在「幸福演算紀元」的幫忙下，只靠自己也不可能踏進如此瑰麗的殿堂。賽諾政府用科學帶來的幸福是奇蹟，但奇蹟，也不是無所不能。

「老實說的話，這可能會是我遇過最好的機會。以後也應該不會有這種好條件的人。」

連芮姐也沒想到芮珂會這樣回應，而從種種因素，莫藍認為她說的話是真的。

芮姐聽見後神情變得複雜起來，支吾以對：「如果是這樣的話……」她沒把話說下去，只用粗糙的指頭撥了一下自己一輩子也未到髮型屋做護理的前髮，她很清楚即使是出自同一對父母，帶有近似的基因，芮珂卻比她聰明得多了。所以，她不知道要怎麼去理解芮珂還在遲疑眼前千載難逢的機會。

「我反覆計算了很多次，對我還是家庭而言，這個人帶給我們的好處都肯定無人能及。」芮珂用她沉著冷靜的聲線回答，理性得像在闡述一個沒有容錯率的算式結果。

芮姐一直在旁傾聽，沒有把心中一句「那還有甚麼要考慮的」問出口。和這個對象發展的同時，芮珂還在進行她對備用對象的跟蹤工作，在此之前，這個帶她到教堂的對象仍是她的首選。正當快要水到渠成之時，芮珂卻為之卻步。芮姐和母親都知道，芮珂在接觸那個畫家後就改變心意。

母親一直教育她們要正確地選擇自己的下半生，芮珂精打細算的細膩心思也是為了達成這個目的從小練成的。她會詳細分析每一個潛在對象，判斷他們能為自己和家庭帶來多少正值，違反她個人喜惡的負值，往往被她排除在外，因為芮珂很清楚算算式是要得到準確的答案，不是得到想要的答案。

披著一頭紅髮的芮珂回頭對芮妲一笑。雖然在考核中踩在白線的人只會見到投影場景的影像，但在莫藍的角度看來，芮珂的眼睛很像是看著他說：

「但這是我第一次，希望自己計錯數。」

在芮珂及每一個人有記憶以來的第一堂數學課，都曾經有遇過這種題目。「左邊有兩個蘋果，右邊有十個蘋果。那小朋友，你要選左邊還是右邊？」列在題目的可能是蘋果、雞蛋、波子或花朵，但這些都不重要。每一個人從小都被不經不覺地灌輸了這種概念：眼前有多的，就要選多的一個。越多越好。

而在長大的後來，人便學會因應不同的環境而衡量選擇，「多」不再是唯一的因素，「多」在指的不再是指眼前的好處本身。遊戲變得更複雜，可是在心底最原始的傾向，還是有一把從小植入的聲音在說：選少的就是選錯。

思想植根，抑制原始的想法費力。芮珂一家被牢牢綑綁至這個單一的選擇當中，她要背負的從來不只是自己的下半生。她計算過，選擇那個對象能為她和家人帶來最多的好處，他是毋庸置疑的正確答案。但在這個前設下，她仍然想選擇錯的答案。

莫藍難以置信，那竟然是自己。

芮姐就算不完全明白，至少在感受方面能夠共通。畢竟她們擠在同一張床鋪上渡過了很多日子。

「她可能會很失望。」芮姐離遠看著母親，盡量放輕聲線對芮珂說。

知道這一點的芮珂重重吸了一口氣，然後屏住呼吸。莫藍一直不解芮珂這個小動作，後來才知道她是在家人面前努力忍住的嘆息。芮珂比起任何人對數字都要敏感，數值是絕對的，沒有甚麼理由原因可以扭轉多少是非的事實。

先不論當時莫藍還未和她開始交往，就算成功，他們也未必可以獲得證照，獲得了證照，以莫藍的性格很大可能也不會和她成家及生養下一代。芮珂那時還不知道莫藍會否應許她任何事，但她很清楚即使莫藍願意，最多能帶給她的也就僅有這麼多。

她最大的恐懼，就是要替所有家人作出一個明顯「錯誤」的選擇。

「我很自私嗎？」芮珂看著這條一百多米的通道，只要封鎖思想走過去，她和家人的下半生都能得到更好的生活。她恐懼自己沒有服從數據的選擇，到頭來可能比自己預期中還要錯得離譜。

芮珂和芮姐抬頭仰望教堂的十字架，芮珂對沒有回答她的芮姐嘀咕：「在這裏，不可以說謊喔。」

芮珂沒有信仰，但環境的氛圍會改變一個人。在神聖的殿堂，說謊有違本能。

芮姐洞悉芮珂的心思，靈光一閃提議：「要不你找個藉口告訴母親，其實那個畫家才是最有利的選擇吧？」芮珂是家中最聰明的人，只要她願意說謊，就能騙過所有人。

莫藍這下恍然大悟，這個就是他在上一關的電話訪問中，聽見芮珂母親說他是計算過最好的選擇。他沒想過，這個只是芮珂選擇讓她相信的事實。

雖然這樣還是改變不了她為了好處而接近莫藍的動機，只是後來的發展卻遠遠超出他的想像。莫藍永遠不知道她也承受過這些。

芮珂母親就在道路盡頭，正在最前方雙手合十、虔誠地向十字架閉眼祈禱。芮珂母親有上教會的習慣，但她並不算是有信仰的人。因為她日夜祈求的不過是想讓她們生活好過。或者上天也是聆聽到她的期望，所以才為她安排了芮珂這個下一代。

芮珂讓自己深呼吸，屏息靜氣地向母親所在的方向走去。她們都知道母親有多渴望得到這一切。告知母親決定的這個時刻，應該就是她最難面對的。

就在此刻，芮妲又叫住了芮珂。她無神又疲憊的眼睛低垂，手在半空中猶豫一下才輕搭在芮珂的肩上。她的力道不重也不輕，像是一片羽毛落下的同時帶著最沉穩的安撫。

她戲謔挑起芮珂的紅髮，嘴角微微揚起：「上一代的渴望，只由一個人來繼承就夠了。」芮妲認為如果是自己染上紅髮的話，應該不會太糟。

目睹這個畫面的莫藍才忽然意識到一直忽略的重點。

芮珂的姊姊和她生於同一個家庭，被同一套教育和父母撫養成人。母親從小用自己的期望灌溉她們，但她們仍然作出了不同的選擇。

芮妲選擇背負不屬於自己的紅髮來繼承母親飛黃騰達的願

望；而芮珂並沒有這樣做，她選擇了莫藍。

生而遺傳上一代的甚麼基因，下一代無從左右；但在胚胎蛻變成人之後，人還是可以在自己的能力所及作出選擇。

從來都可以。

沒有人能夠避免背負著期望而生。上一代總會對下一代有所想望。母親的腹腔是一窪許願池，從得知下一代快將降臨開始，父母就開始對隆起的腹部日夜祈盼下一代是這樣這樣、千萬不要那樣那樣。而大部分像莫藍和芮珂的孩子，都會害怕讓珍視之人的期望落空。莫藍是抱持著這份心情去創作《雙螺旋》的。只是他從沒想過，與他素未謀面的芮珂原來早在某個他不在場的地方，透過畫作同時嗅到他的畏懼與雄心。

白線走到盡頭，芮珂的母親還在教堂前合十祈禱，看起來非常專注。關卡要求申請人走完整條直線，而途中擋在前面的人就是他們最大的恐懼。

芮珂母親感覺到女兒就在身後，她一轉身，臉上的興高采烈就被芮珂滿臉的內疚澆熄了。

「你說放棄他是甚麼意思？我不明白。」母親無論怎樣都無法理解，為何會有孩子不要載有更多糖果的籃子。明明是越多越好，為甚麼偏偏要選少的？

從遠處的後方看會發現芮珂的肩膀不停抽縮，呼吸也似乎變得急促。她強忍住痠軟的眼睛不要眨上一下，試圖把淚水硬生生地逼回去，但晶瑩的淚珠擒在她的眼眶中頑強地打轉。

「數學世界的題目裏，其實不只是多和少、加或減之分。」她抿住嘴唇，確保自己的發音清晰，不讓母親錯過任何一個字：「還有一個更為重要的符號：等於。」

母親聽後更是迷惘，不知道芮珂想要說的到底是甚麼。對她來說，眼前不就是兩個選項，多或少。對她而言，其實只有一個。她不明白，實在的數字有甚麼質疑的餘地，多的一方昭然若揭，少的亦應毫無眷戀。她已經很明確地教導女兒，不要被一時之興沖昏頭腦，要好好選擇自己下半生想要的生活方式。

芮珂用力搖頭，像作出題解般堅定地反駁母親。

「但是選擇一個喜歡的人，其實就等於是選擇下半世想要的生活。」

說罷，在她眼眶中盤旋良久的淚珠終於順著臉頰滑落，但她不再試圖擦去，只是靜靜地由它劃過臉頰，嘴角滲出苦澀的笑意。

莫藍知道這個並不是芮珂當時的答案，從上一關芮珂母親的說話當中，她透露過自己是芮珂最好的選擇。想必當時芮珂是聽從了芮姐的建議，欺騙母親畫家才是最好的。而且，莫藍見過芮姐，在現實世界擁有一頭酒紅長髮的人是她。芮珂知道自己正在考核當中，這個不是她當時做的決定，但是在極其像真的投影中，她給予自己一次重來的機會。

在投影中的母親失神向後跌了一步，芮珂的本能反應想要捉住她的臂膀，可是隨著母親的身影跌出白線範圍，急於想要拉住母親的芮珂向前傾走兩步，不經不覺間踏出了白線的終點。考核一完成，母親連同教堂的一切都隨著白光消失一閃而逝，但芮珂認為自己有及時將母親慢慢消散的身影擁入懷中。

「你一直要我們選好下半生，其實不是想要我們選好的，而是選好。」芮珂留在回復白茫茫一片的房間，薄弱的身影緊緊圍抱自己。在這道題上她或者沒有選對，但她知道自己已經解讀到母親這道題了。

完成關卡的房間回復白皚一片，牆上隨即也展示了芮珂通關的字句。

「在甚麼時候你開始信神了？」
「在你出現之後。」

第六章 X 早就說好了

請刪去
HAPPILY EVER AFTER
不適用者

完成關卡後的莫藍感覺應該要跟芮珂說話，但又不知要說點甚麼。在他語塞之際，洞悉一切的芮珂率先開口。

「剛才你都在聽嗎？」她環顧房間四周，好像似是確保母親和芮姐真的都隨投影消失了。

莫藍知道芮珂在關卡中顯然說了和以前不同的話，但這是考核的一部分，關卡的重點是要申請人承認和克服自己最大的恐懼。現時的科技還是無法教人改變過去發生的事，但如果芮珂這次像以前一樣撒謊矇騙母親，就不能算是克服了。

莫藍一直若有所思的表情透露出答案，芮珂沒待他回答，逕自說了一句：「聽到就好了。」

正當芮珂想要像過去幾關一樣，完成關卡後走向印有通關字句的牆身準備邁步進入下一個房間時，她不自不覺和牆壁越來越貼近，直至鼻尖都碰上冷冰的牆壁，她才詫異為何通往下一關的門沒有被投影出來，那個讓他們握住推門的扶手為何遲遲沒有出現。

「／恭喜兩位。／」管理員的聲線久違地從廣播器響起，芮珂以為這正是解惑的時候，萬沒想到管理員的說話會叫她更為迷失。

「／我代表生活品質評議會通知兩位已經通過考核，依例頒發兩位所申請的證照。／」

芮珂無法相信自己的耳朵，轉為望向莫藍，他的臉上流露著非常複雜的神情，讓芮珂相信他比起自己更要迷茫。無論是坊間流傳還是一開始管理員的簡介都指出評議會的考核共有六關，直至剛才投影的過關字句也表示他們只是分別通過了第五關。管理員出乎意料地宣布兩人已經通過考核，好得讓芮珂相信不可能是真的。

「你肯定沒錯嗎？我們，真的已經通過了？」雖然獲得證照無疑是好事，尤其是過程遠遠超乎想像的程度，可是感覺事有蹺蹊，行事謹慎的芮珂不得不開口探問管理員。「不是還有第六關嗎？」

廣播器那頭傳來一陣沉默，芮珂猜測那是管理員自己也發現暫時只過了五關，想要查找資料核對，未幾，管理員回頭的答話是肯定無誤。

「／一般『穩定交往證照』的考核的確有第六關，可是如剛才所言，兩位已經通過了考核，可以離開大樓了。／」

管理員話畢，他們身後的牆身終於出現了門的投影。這次被投影出來的門和過往不同，門已經被打開，而通往的不是另一個房間，而是陽光普照、有微風吹拂，甚至開始聽到吵雜聲的背景。那是他們所熟悉的 W 城。

兩人半信半疑地離開大樓，第一口吸入肺部的空氣從未試過如此清新。W 城的國民身份系統早在二十年前已經全面電子化，只有在個人眼鏡中經過虹膜和聲紋的個人生物驗證才能查看，此項措施將因盜用他人身份而起的盜竊及詐騙罪案銳挫百分之九十。獲發回隨身物品的芮珂打開自己的電子國民證，金光閃閃的「穩定交往證照」蓋章出現在她的身份頁面旁。有了這個證明，芮珂就可以告訴母親，她的選擇雖然是少的，但是那的確是對的。

莫藍也在忙著查看自己的電子國民證，在旁的芮珂本來還擔

心不知如何面對莫藍，在第四關被莫藍得知自己有企圖地接近她時，她一度以為自己完蛋了。沒想到，也多虧這次考核，她才意外發現原來莫藍也如此希望獲得證照，她一直以為前來申請「穩定交往證照」是自己一廂情願，得知莫藍也有同樣的心思，這一點可是連她也沒預算得到。

「莫藍，」芮珂調皮地扯下莫藍的眼鏡，害他眼前的景象驟然消失，一下因適應不來現實世界的熾熱陽光而睜不開眼。趁他沒回過神來，芮珂雙手擺在身後，傾前歪頭，以她從未在莫藍面前展現過的真摯微笑，問了他一個問題。

「獲得證照後，我們要怎樣做？」

莫藍低頭忖思，摘下個人眼鏡，獲得的證照蓋章在眨眼間隨之關上。他找準一片陰暗的雲突兀地抵住頭上刺眼的陽光的一瞬間戛然抬頭。

「難得取了證照，當然要付諸實行吧。」

芮珂含蓄以待的笑容終於開成一朵璀璨的花，牽起莫藍的手，並相信在「幸福演算紀元」的保證下，他們都會成為最幸福的人類。

獲得「穩定交往證照」後，芮珂如願懷上莫藍的孩子。十個月後一個健康的男嬰出生，芮珂母親欣喜若狂，她們家中出了一個澤萊恩家的人。當芮珂母親回想如果當時她挑了另一個對象，這些好事都不會發生。芮珂果然是她最引以為傲的女兒。

新成員降臨，澤萊恩家卻是一片愁雲慘霧，芮珂每次和莫藍的父母碰面時都會因為家中的氣氛讓人不由自主太過悲傷而早早藉詞離開。芮珂理應和他們一同傷感，可是，她又知道自己的悲傷和他們是不同樣，無法輕易在同一個頻率哀悼。

一年前，亦即是莫藍和芮珂從評議會手中獲得證照後的不久，芮珂發現自己懷上孩子，而莫藍在那一天之後就失去聯絡。這段期間澤萊恩家的人一直斥資聘請所有可以聘請的專家幫忙尋人，結果當然遍尋不獲。W 城極低的罪案率有賴強大的保安和監控系統，以現今的科技，一個人要在 W 城失蹤基本上是不可能的。舊時代的私家偵探和尋人專家少之又少，這個職業仍然存在的意義，只是雷同信仰一樣給予家屬希望。

澤萊恩家的人沒有放棄過尋找莫藍。在足夠的朝思暮想後，也是孩子出生的三天後，他們終於等到莫藍回家。

評議會把一束萎謝了大半的花束帶到洋溢著新生兒喜悅的澤萊恩府中。用簡樸的棉繩束成一束的矢車菊、芸香和雛菊再無力抬頭，本來挺拔的枝椏彎成疲憊的弧線。

評議會的管理員捎來口訊，這是莫藍在履行他所獲得的證照前親自採下，並指定要評議會為他帶回家的。

生活品質評議會作為「幸福演算紀元」轄下的機構，為保障和持續提升國民的生活品質為最大目標。評議會透過考核向有意

申請的國民頒發相關證照，以政府認可的科技有效評估各項證照的申請人，確保政府透過證照所賦予的權力有效提升申請人的生活品質。

生活品質評議會（第一部門）旨在為國民分析並找出匹配度高的另一半，向有意發展長遠關係並通過考核的情侶頒發「穩定交往證照」。考核的設計目標是及早辨識穩定度存疑的關係，讓國民作出抉擇，把握機會發展穩定性更高的關係，降低戀愛失敗的機會率，從而提升個人滿足度，以至 W 城的生產力。長遠目標為鑑定擁有優秀基因的國民並鼓勵生育，為下一代的基因作出有效篩選。

生活品質評議會（第二部門）旨在協助國民理解及回顧生命的意義，向有意申請安樂死並通過考核的國民頒發「自由登出證照」。考核為無意繼續生活的國民提供一個無痛離世的選項，從而提升個人滿足度。數據發現，約八成國民表示希望可以在自己選擇的方式和時間離世。在頒發「自由登出證照」前，有意尋求安樂死但無從入手的國民的生產力相對低下，長遠而言有更高機率罹患情緒疾病，當中近三成人口在五年內另闢蹊徑成功尋死，

請刪去一不適用者

各種報告均指出該群國民死前的滿足度為負值，由國民自行尋死的途徑帶來的痛苦亦有違人道標準。賽諾政府承諾在「幸福演算紀元」下，國民的滿足度應放在優先位置，不應重蹈上世紀對此類較為敏感的訴求一刀切的覆轍。但凡成年、擁有清醒意識、表現出遵於個人意志的國民均有權申請「自由登出證照」，通過考核者在向 W 城政府繳交一筆一次性稅務後，即可履行政府賦予其的權利：在自行選擇的時間、自行選擇的地方、以自行選擇的方式，在評議會的全力支援下確保無痛結束生命。

生活品質評議會（第二部門）成立四年，當中已協助逾千位通過考核的國民無痛結束生命，其中一人就是艾麗絲。

莫藍隱約覺得艾麗絲行為怪異已經有一段時間，可是當艾麗絲總會歪著頭、擺出一副平平無奇的眼神反問他會覺得自己有甚麼事的時候，莫藍又說不出來，並認為這純粹是不吃煙火的她在畢業後離開校園的不適應。艾麗絲向來我行我素，和莫藍一兩個月不見面，他也只以為是她在忙著探求靈感，畢竟她不是別人，她是像精靈的艾麗絲。直到她挺著肚子在自己面前出現，莫藍才終於相信艾麗絲是背叛他了。孩子的父親也是他們在藝術大學的同學，但以莫藍所知，艾麗絲和他只是點頭之交。

總而言之，在艾麗絲離開莫藍的一年後，芮珂出現。從同學口中第一次聽見關於艾麗絲的孩子的事時，他才知道她生了一個擁有金髮的女嬰。按照探望過她的同學説，女嬰和艾麗絲長得一模一樣。那種嫉妒混合悲傷的撕心裂肺是他一生人以來從未感受過的，絕望得他幾乎可以同理「幸福演算紀元」頒發「穩定交往證照」來避免國民被情所困而深陷痛苦的做法，並以為芮珂的安全可以讓他平靜地過活。他只要以後不要像愛艾麗絲一樣愛人，就不會感受同樣的痛苦。

但他在那之後還感受過一次更為地動山搖的劇痛。那是在他得知艾麗絲成功以「自由登出證照」履行政府賦予她的權利時。

那時不只他抱有疑問，就連同屆的同學都被同一個疑團重重困住。如果艾麗絲一早有心尋死，為何要放棄本來穩定的交往關係，和一個同學搭上並出軌，生下他的孩子數天後，又突然結束生命？在所有人當中，莫藍是最想知道答案的一個，也是在那刻已經最不在意答案的一個。

評議會告訴她的家人，按照艾麗絲的意願，她落入了波羅的海。莫藍想起艾麗絲告訴過他，自己不屬於這個星球。精靈一樣的艾麗絲看遍了世界，還是覺得不值得。

然而，事情在莫藍得知艾麗絲孩子的父親在數個月後，竟然偕同同是藝術大學的一位學弟前往申請「穩定交往證照」時得到突破。莫藍本來迷惑不已的思緒頓時變得豁然開朗。

生活品質評議會每五年更新考核內容。如果未能通過考核，申請人最快可於五年後再次提交申請。艾麗絲孩子的父親可以在這年就和男友申請的話，即是當年他並未有跟艾麗絲領取「穩定交往證照」。

關於生活評議會的一切都是機密內容，莫藍心中此刻浮現了一個相當大膽的假設：國民只知道獲得「自由登出證照」的國民在履行權利前，必先向 W 城政府繳交一筆一次性稅務。但從來沒有人知道或談及該項稅務要繳納多少。

因為他們要收取的稅項不是錢。在眾多事物之中，「幸福演算紀元」在乎的從來只有一樣。

是人。

在「以人為本」的大原則下，如果社會人口鋭減，缺少生產力人口的群體無法支撐體制內的扶養人口，體系就會全盤崩塌。賽諾政府不能冒這個險，「幸福演算紀元」的程式也不會容許這件事發生。多項數據經已説明有意尋求安樂死的國民因缺乏生活動力，生產力變低之餘，生活品質亦是只跌不升。從各個角度而言，利用人道方法協助國民維持生活品質應是評議會的責任之一。

然而，另一個必須考慮的問題是，「自由登出證照」的申請人必須具有完整的個人意識，符合申請資格的國民多半都是本應帶有生產力的勞動人口。在每名國民尚未成為勞動人口之前的扶養階段，政府向當下的勞動人口階層徵稅，照顧社會上未有能力或已無能力提供生產力的扶養人口，直至他們成為新一代的勞動人口供養下一代的扶養人口。然而申請「自由登出證照」的國民

請刪去一不適用者

已經過了扶養階段，正要開始成為勞動人口為社會提供生產力時選擇完結生命，社會的「生產＜—＞扶養」循環產生斷層，打擊整個體系。

因此，作為「自由登出證照」考核的一部分，基於一換一的原則，即申請人在履行權利前必先為社會留下帶有優良基因的新一代，填補流失的人口。

這個就是「自由登出證照」考試的最後一關。

生活品質評議會的證照考核前五關均是合併辦理，第一關要理解申請人對生死的想法，對決心經營關係的人如何看待日後人生至關重要，尋死者更甚；第二關要確保申請人有過豐富而有內容的人生，無論日後是求生者想要跟別人開展新的生活，還是尋死者決定已經玩膩了；第三關，肯定生者有面對絕境的能力，也是確保尋死者有見過最接近真實的死亡而不後悔；第四關，評議會基本上參考法庭上的評審團機制，由不知考核內情的親友親自評價申請人。每張證照的持有者都會得到評議會的協助去規劃人生或規劃葬禮，動用社會資源就必然有審核。作為納稅人的他們當然希望資源用在評價正面的人身上。在講人口生產力的時候，指的不只是為社會提供經濟回報或專業服務，更是為身邊的人，亦即其他國民帶來正面的生活品質影響；第五關，面對恐懼，一個無論求生還是尋死都避不過的課題。除此之外，每關其實都在確保申請人帶有值得流傳的優良基因，兩個證照的分別就只有最後一關分別由第一部門和第二部門獨立處理考核。

「穩定交往證照」同時負有篩選下一代基因之責，因此，通過五個關卡、證明關係穩定度高、帶有優良基因的申請人只要作出一個決定，就能通過最後一關：取捨。

就算擁有再多的生產力，社會資源始終有限，高明的政府要確保將物資留給值得的人。社會需要提供生產力的人口，一個好的社會需要由優良基因提供生產力的人口。

隨著賽諾全力帶領 W 城發展嶄新科技，除了生活品質提升，其中一項引來爭議的問題就是壽命增長。醫學科技昌明，比起「幸福演算紀元」落實前人均壽命延長了五到六成。然而壽命延長，不代表生活品質提升。現時 W 城法定退休年齡為一百零八歲，即便如此，國民仍有約五十年時間作為扶養人口取用社會資源，更別說「幸福演算紀元」下優渥的福利驅使國民傾向提早停止工作享受生活，同樣對生產力更替的循環造成前所未有的危機。

在「穩定交往證照」的最後一關，評議會將對已經通過考核的申請人揭曉最後一項福利。

就是附送的一張「自由登出證照」。

「穩定交往證照」間接鼓勵國民生育，這一點可以確保社會有穩健的新生產力來源。同時，評議會透過附送「自由登出證照」，希望吸引生育過的國民在法定退休年齡後的二十年內執行安樂死，減輕過多年邁扶養人口對社會的負擔。盲目濫殺失去生產力的扶養人口並不道德，基於公平原則，為社會增添人口的父母會率先得到評議會的鼓勵和支援，在生活品質變差前完結生命，確保人口更替比率合乎時程，同時亦是為他們的下一代締造一個資源更為豐饒的社會環境。生育過下一代的父或母親早已滿足「自由登出證照」的最後一個條件，不需再另繳稅金。

政策經過數次更動才得出現在的模樣，實行初期，政府曾輕易假設執行安樂死的人口可以和決定建立家庭生育下一代的人口此消彼長，但很快就發現這種想法過於樂觀。由於所有證照的申請均非強制，經過演算法推演和量子計算均無法確保兩者數目能穩定交替，對人口更替的代謝率失衡束手無策。只有確保兩款證照、兩套考核規條必須分開執行並嚴格遵守，才能最有效平衡國民個人權益和社會大眾福祉。「穩定交往證照」和「自由登出證照」兩者相輔相成，生死輪替，是「幸福演算紀元」確保作出不同人生抉擇的國民，在不同人生階段都能得到幸福的最大可能方程式。

在「穩定交往證照」的原則中，雙方的契合度雖是評分準則之一，卻不是唯一。要知道，生活評議會的兩種考核均以個人名義申請。

在某些個案而言，當一方的申請人對關係的期望並不在於另一方身上，而是從關係中獲得的其他利益或權利，這個情況下，評議會的審核準則僅會分析並推演這段關係能否為申請人帶來滿足。只要推演出來的結果是關係穩定度足以維持到申請人的期望得到滿足，即符合獲得證照的原則。評議會早已公開數據，根據

請刪去一不適用者

過往統計，百分之八十八獲得「穩定交往證照」的情侶在通過考核的五年後仍然維持穩定而親密的伴侶關係。餘下的一成多並不是演算系統的錯漏或偶然的機會率，而是申請人對關係的期待已經在五年內得到滿足，因而結束關係。

包括，申請人其中一方離世。

芮珂合上由賽諾撰寫的「幸福演算紀元」綱要，W 城政府選舉在即，民調意向表示賽諾政府很可能第五度高票當選。芮珂看著日漸長高的兒子，有時亦會回溯自己在數年前，以為莫藍得知前女友死訊後的脆弱會是和他申請「穩定交往證照」最適合的時機，是不是算錯了。可是，她選擇相信「幸福演算紀元」，結果前往申請第一部門證照的她，與一同踏入評議會大樓，卻悄悄填寫第二部門申請的他，在如此契合的時機走在一起、如有心靈感應一樣冒起想各自的想望，然後協助對方完成並通過考核。為了圓滿彼此的渴望，短暫地同行。這種天作之合一般的默契，是芮珂可以想像到最接近愛情的模樣。

基於保密條例，莫藍父母永遠不會知道自己對兒子的愛有份助他通過關卡，獲得永遠離開他們的通行證。守密是為了讓活著的人保有無知的幸福。

芮珂認同這個世界並不適合所有人生存，比如說對世界失去興趣的艾麗絲，或失去愛人同時世界瓦解的莫藍。賽諾相信這個時代，一個以人為本的政府有責任在確保社會運作正常的情況許可下，盡可能協助所有國民維持生活品質。如果生是一種應被竭力滿足的渴望，反之亦然。

芮珂帶孩子遷入澤萊恩家族名下的房子時，她請人把莫藍在酒店展出的畫作帶回來，每次回到偌大的客廳，以最佳的視角觀賞那對糾纏不放的雙螺旋，宛如見到莫藍的血脈和她的正具體化地在那個小小的身軀內被緊緊封存，理智冷靜和感性細膩的完美詮釋，他會是最完美的演算結果。早在遷入時她就做了一遍大掃除，不適合的早就清拆掉，客廳除了畫作沒有一件多餘的傢俱，一切都恰到好處。

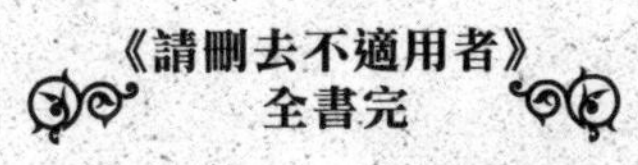

《請刪去不適用者》

全書完

請刪去不適用者

HAPPILY EVER AFTER

後記 ✕ *Afterword*

歡迎回來現實世界。走完生活品質評議會一趟，大家有在故事完結前猜到第一、第二部門的真面目嗎？《請刪去不適用者》想討論的事很多很大，但同時也很小很單純。我們談優生學、安樂死、基因改造與管制、效益主義，但在賽諾政府的角度而言，這一切也只是想讓人感到幸福而已。

童話故事告訴我們 happily ever after，讓小小讀者們篤信「從此幸福快樂地生活下去」就是善良人能夠擁有最好的終極結局，卻沒有一本童話書說過甚麼是幸福快樂。如果十年後王子公主不再相愛，他們可以繼續一起生活下去（不知城堡的地契寫誰名字），但那不是幸福快樂。

這個故事是有前世今生的。它的前世是約莫四年前我在 Patreon 獨家連載的小說《生育評議會》，講的是未來世界為了管制人口而設立的官方審核機構，每名國民必須通過考試，獲發證照才有資格將基因流傳後世。套用現在的說話，就是想要減少讓孩子感到痛苦的「原生家庭」。對比現在手中的《請刪去不適用者》，故事基本上是重寫了一遍。

在思考今年出版的書時，我認為這個意念應該有更大的發揮空間，於是我將舊版的「生育評議會」無限擴充，新改革的「生活品質評議會」除了管「生」，更會管「死」。有了生命管制的基底後，我嘗試往上搭建更多層次，再來就是假想現在嶄露頭角的科技在未來會變得更穩定普及，得出的答案便是「幸福演算紀元」。

在活化這個舊建築時，我也不忘保留舊版大部分關卡的設計和框架，好玩的地方是本來的關卡是設計來讓夫婦考取生育證照、做父母的，因為評議會被作者推倒重來大改革，改寫時關卡必須要變得可以同時滿足「第一部門」以及「第二部門」的考核條件。既要保留原有要素，又要達成新政策的目標，是這次最大也最有趣的挑戰。

和過去一樣，如果大家對故事有甚麼想法、感想，歡迎來信跟我分享你的看法。「幸福演算紀元」矢志為國民帶來最大可能的幸福，對芮珂和她的父母而言，生是幸福；對莫藍和艾麗絲而言，生卻是不幸。每人都有屬於自己的幸福快樂，找到的人才是擁有了最好結局。

後記開首略述了一些故事觸及的話題，但這些不是問題，所以也不要急於交出一個答案，沒有答案也是一種解答。迷路不要緊，思考探路才是箇中最有趣的一環，而我很慶幸可以透過故事和大家一起探索。

在下個故事見面之前，大家都要從此幸福快樂，以自己的方式。

X理想很遠

點子出版

IDEA PUBLICATION

作者　理想很遠

編輯　陳婉婷
美術設計　陳希頤

製作　點子出版

出版　點子出版
地址　荃灣海盛路 11 號One MidTown 13 樓20 室
查詢　info@idea-publication.com

印刷　海洋印務有限公司
地址　黃竹坑道 40 號貴寶工業大廈 7 樓 A 室
查詢　2819 5112

發行　泛華發行代理有限公司
地址　將軍澳工業邨駿昌街 7 號 2 樓
查詢　gccd@singtaonewscorp.com

出版日期　2025 年 7 月 16 日
國際書碼　978-988-70671-4-6
定價　$118

請刪去不適用者

HAPPILY EVER AFTER